NEIL GAIMAN

尼爾·蓋曼　沈曉鈺—譯

北歐眾神

NORSE MYTHOLOGY

獻給艾佛列特
古老的故事，給年輕的孩子

北歐眾神

目錄

導讀 007
前言 013
遊戲玩家 021
開始之前與之後 027
世界樹與九個世界 035
密米爾之頭與奧丁之眼 039
諸神的寶物 043
築牆高手 059
洛基之子 075
弗蕾雅的不尋常婚禮 089
詩人之酒 103

索爾遊巨人之地 125
長生不死的蘋果 147
蓋絲與弗雷的故事 163
黑米爾與索爾的釣魚冒險記事 173
巴德爾之死 189
洛基的末日 207
諸神的黃昏：諸神最後的命運 221
遊戲重新開始 233
名詞對照 234

《北歐眾神》導讀

在黃昏到來前，諸神遍行大地

國立東華大學中文系兼任講師　中華科幻學會理事兼行政長／馬立軒

尼爾．蓋曼的新書《北歐眾神》在台灣出版了！但這本新書有別以往讀者大眾對蓋曼「創作者」身分的理解；《北歐眾神》中，蓋曼以「敘述者」的身分，重述古老北歐神話的故事。有人說這是一本《美國眾神》的前傳，其實也不盡然錯誤；因為沒有這些久遠古老的北歐神話先存在，《美國眾神》的故事背景就會少了一大支柱。

讀過《美國眾神》的讀者可能會瞭解，蓋曼在書中解釋神的力量來自於人類，越多人信奉祂、祭拜祂、彰顯祂，神的力量就越大；這其實是一個相當後設的設定，將「神創造了人」的概念轉化為「人成就了神」。如果我們將這個概念視為現實世界的真理的話，那麼除了檯面上的各種宗教神明外，北歐神話中的諸神必然就是當今世上神力最為強大的神祇了！

會敢這麼篤定地說出這樣的評價，是因為北歐神話明顯地影響了二十世紀以來的許多奇幻、科幻創作——這些創作包含了小說、遊戲、音樂、電影、漫畫等等。二次大戰時期，納粹德國的阿道夫．希特勒利用日耳曼神話（Germanic Mythology）建構出他的理念體系，成就他侵略歐洲的「正道」。在那之後的很長一段時間，日耳曼神話因此被汙名化，學者專家盡可能地使用同樣位於日耳曼神話體系下的北歐神話（Norse Mythology）來取代日耳曼神話的指涉。

幸好，二戰結束後的十幾年內，托爾金就出版了他的《魔戒》三部曲。這部開創現代奇幻文學風潮的作品以天主教文化為基底，融合了大量北歐神話元素，創造出令後世瘋狂幾十載的奇幻風潮，等於變相復興了日耳曼神話在歐美人心目中的地位。在《魔戒》之後，一脈相承的奇幻文學多少包含著北歐神話的元素：精靈、矮人、巨人與山怪如今成為奇幻作品中不可或缺的奇幻種族；故事中起於永世寒冬的末日徵兆成為諸多奇幻文學的末日靈感來源，例如著名的奇幻小說《冰與火之歌》、《獵魔士》系列中，伴隨著末日而來的就是如同北歐神話中闡述的，永不停歇的冰天雪地；而北歐諸神早已透過夢境與預言明瞭自己的命運，卻依然慷慨就義，不向敵人屈服的宿命論精神，也成為奇幻文學中邪不勝正、充滿希望的命題之一。

透過這些作品，世界各地的奇幻文學讀者對北歐神話的認知可能甚至比自己族群的神話還來得徹底。而在那之前的七〇年代，著名的桌上角色扮演遊戲《龍與地下城》發行，擴大了北歐神話的影響力；熱愛奇幻小說的人們可以透過這款桌上遊戲親自扮演故事中的精靈、矮人或其他奇幻種族，組成冒險隊伍深入地下城探索，對抗各種神話中的怪物，獲得傳說中的至寶。

延續著這樣的脈絡，日後越來越興盛的電子遊戲也開始向北歐神話取材，今日玩家們所熟悉的奇幻類型遊戲，多少都帶著北歐神話的元素。例如《魔獸爭霸3：混亂之治》與《魔獸世界》中三棵位於「艾澤拉斯」的世界樹，可能發想於北歐神話世界樹伊革爪瑟延伸出來觸及三個世界的三條樹根；《上古卷軸V：無界天際》中的北方民族諾德人儼然就是北歐人的化身，遊戲過程中玩家甚至有機會前往瓦爾哈拉，與光榮戰死的英靈們一同對抗惡龍；二〇〇二年開始就在台灣營運的韓國網路遊戲《仙境傳說》，其遊戲原名為「Ragnarok Online」，意即「諸神黃昏網路版」，遊戲也以北歐神話為基底，塑造出一塊架空的大陸供玩家冒險。

在音樂方面，盛行於歐美的金屬樂也時常能看到北歐諸神的身影。除了本來就以各種神話為題材的「民謠金屬」會演奏、歌唱北歐神話的故事與人物之外，從黑金屬演化出來的「維京金屬」更直接以維京人的戰鬥、故事為歌曲主題，演唱著北歐諸神的事蹟，頌揚神蹟的偉大、高歌神器的不朽、讚嘆神境的美好。這樣的音樂配合著重金屬強烈的節奏，不知是否也是一種對北歐眾神的獻祭？

有趣的是，科幻類型中也不乏取材自北歐神話的作品。二〇一五年的科幻電影《瘋狂麥斯：憤怒道》中，反派不死老喬建立起一種邪教式的信仰，將自己塑造成不死的神靈；在他旗下，被奴役的平民期盼他的恩典，天生殘缺的戰爭男孩們則迫切地渴望在沙場上犧牲自己以成就不死老喬的榮耀，在與敵人同歸於盡前大喊著要眾人見證他前往瓦爾哈拉的那一刻。當然，近年來最為台灣人知悉的作品，大概就是根據漫威漫畫《雷神索爾》改編的同名真人電影了。在這科幻系列作品中，北歐眾神被詮釋為具高度文明的外星族群；當祂們第一次來到地球上時，因為古代的人們無法理解祂們所擁有的科技與能力，所以將祂們視為神祇。

前面所提到的諸多當代作品，只是受到北歐神話影響所產生出來作品的一小部分而已。當我們瞭解到周遭有這麼多與北歐神話相關的作品時，或許也將同時發現，台灣並沒有一本足夠分量的作品，讓我們看到北歐神話的原始樣貌。尼爾．蓋曼的《北歐眾神》以《詩歌艾達》（或稱老艾達）與《散文艾達》（或稱新艾達）為基礎，融合近代學者的研究成果，重述了十五個北歐神話故事。

最早的北歐神話花費了比其他族群的神話更長的時間，以口耳相傳的方式延續著，直到九世紀才開始有人使用文字將這些神話記錄下來。這些故事有些人或許早已透過各種管道瞭解到輪廓，卻很少有機會能夠看到故事的全貌；《北歐眾神》提供的，就是一個重新認識、再度理解北歐神話的契機。從世界誕生、眾神出現、奧丁如何失去一隻眼睛到索爾如何獲得無以匹敵的雷神之鎚妙爾尼爾，蓋曼用現代的筆觸描寫遠古的故事；從眾神居所阿斯嘉的建立到洛基與女巨人安格玻莎生下的米德嘉巨蛇、冥后海爾與巨狼芬里爾，蓋曼書寫著諸神的茁壯，也預示著諸神的殞落。透過食人怪首領索列姆偷走雷神之鎚的故事，蓋曼揭示出索爾的勇猛，卻也透露出雷神的莽撞易怒；透過葛瓦西爾的誕生與被害，蓋曼展露出奧丁的智慧，但亦顯現出眾神之父的狡詐陰險。有些故事告訴我們眾神如何與巨人們結怨；有些故事告訴我們洛基如何惹怒諸神。有些故事中，洛基處心積慮地報復眾神；有些故事中，索爾帶領諸神追逐逃亡的洛基。而這些不同時空中的故事，全都連接到最後的末日：諸神黃昏。錯綜複雜的愛恨在名為威格里斯的平原戰場上炸裂，將世間萬物粉碎。

然而諸神的黃昏並非一切的終結。在原本的神話中，奧丁與索爾的幾名子嗣會在最後的大戰後存活下來，祂們帶著僅存的一男一女兩名人類重新開始生活。而在蓋曼的重述下，神話的終局更具詩意，讀來饒富韻味，就待讀者們自己體驗了。

尼爾．蓋曼在本書前言中提到，他至今仍不清楚諸神黃昏是否已經發生，或者末日仍在久遠的未來。因為對這類末日預言的新聞充滿好奇，我早在二〇一四年初就看到許多華文媒體報導當年的二月二十二日便是「維京曆法」中諸神黃昏到來的日子。然而，現實中從來不存在「維京曆法」這種東西；於是追本溯源，我們可以發現這其實是位於英國的「約維克北歐海盜中心」（Jorvik Viking Centre）博物館在二〇一三年底至二〇一四年初發布出來的假消息，目的是為了宣傳當時即將舉辦的一場活動。

讚美奧丁！人類又躲過了一次末日，諸神的黃昏尚未到來，北歐眾神依然遍行大地！

前言

如果要把神話故事按喜愛的程度排列，就跟選出愛吃的料理一樣困難。（有幾天晚上你可能想吃泰國菜，某幾天想吃壽司當晚餐，而其他晚餐時刻，你渴望嘗到從小吃到大的簡單家常菜。）但假如一定要我說出喜歡的，大概就是北歐神話了。

我初識阿斯嘉與那裡的居民，是在孩提時代。我那時還不到七歲，捧讀美國漫畫家傑克．柯比（Jack Kirby）所繪製的《神力索爾》（Mighty Thor）冒險漫畫，劇情由柯比和史丹．李所編撰，對話則由史丹．李的弟弟賴瑞．李柏（Larry Lieber）操刀。柯比筆下的索爾力量強大，英俊帥氣；他所描繪的阿斯嘉是一座高聳的科幻城市，裡頭淨是雄偉的房子和危險的大型建築；奧丁睿智高貴，洛基則是極盡嘲諷能事，頭戴獸角頭盔，純粹是個愛搗蛋的傢伙。我深愛柯比那揮舞金色鎚子的索爾，我想要知道更多有關他的事。

我借了一本羅杰．藍斯林．格林（Roger Lancelyn Green）所撰寫的《北歐人的神話故事》（*Myths of the Norsemen*），反覆讀了又讀，開心不已卻又滿腹疑惑：阿斯嘉在這本書裡不再是柯比風格的未來城市，而是一座維京人的大屋，是蓋在冰冷荒地上的房子；眾神之父奧丁不再是溫和、有智慧又暴躁，卻是個精明、深不可測、非常危險的人物；索爾如漫畫裡的神力索爾一樣強壯，他的鎚子也一樣厲害，不過他呢……這個嘛，老實說，不是最聰明的天神；而洛基也不邪惡，儘管他不是一股向善的力量。洛基他……很複雜啦。

除此之外我發現，北歐諸神有自己的末日：瑞格納洛克（Ragnarok），就是諸神的黃昏、一切的結束。眾神將與冰霜巨人決戰，他們全都會死。

「諸神黃昏已經發生過了嗎？還是還沒發生？」當時的我並不知道，現在也無法肯定。世界滅亡、故事結束，世界結束及重生過程的確讓眾天神、冰霜巨人和其餘的人被塑造為悲劇英雄和悲劇惡人。諸神黃昏使得北歐世界縈繞在我心頭，讓這世界似乎不可思議地貼近當下，而其他記載較清楚的信仰系統，卻感覺像是屬於過去的陳年舊事。

北歐神話是來自天寒地凍之地的神話。這裡的冬季長夜漫漫，夏季白晝亦長。北歐神話所屬的民族雖尊重且畏懼著天神，但他們不完全信任——甚至不怎麼喜歡自己的神。我們最多能確定，阿斯嘉眾神來自德國，傳布至斯堪地那維亞半島，然後進入維京人所統治的地區——奧克尼群島（Orkney）和蘇格蘭、愛爾蘭及英格蘭北部。入侵者留下了以索爾或奧丁所命名的地方。在英語裡，諸神的名字留在星期的名稱之中。你可以依序在星期二、星期三、星期四和星期五這四個單字裡，分別發現獨手提爾（奧丁之子）、奧丁、索爾和芙瑞嘉的蹤跡。

在華納族和亞薩族兩個神族的戰爭與停戰的故事中，我們可以看到古老神話和古老宗教的痕跡。華納神族看來是屬於自然界的天神，皆為手足，較不好戰。但可能就跟亞薩族一樣危險。

有部落崇拜華納神族，也有部落崇拜亞薩神族，而崇拜亞薩神族的部落又侵略崇拜華納族的部落，雙方後來協議調解。這種狀況是很有可能的，或至少可算是說得通的假設。華納神族就像弗蕾雅和弗雷兩兄妹，和亞薩神族一樣住在阿斯嘉。結合歷史、宗教和神話，我們去思考、想像、猜測，就像偵探那樣重建早已為人遺忘的犯罪細節。

我們不知道的北歐故事非常多，不明白的事也很多。我們所擁有只有一些以民間傳說、重述、詩歌及散文等形式呈現的已知神話。這些神話被寫下時，基督教已經取代北歐天神的信仰。我們還會知道這些故事，是因為還有人關心這些故事是否被好好保存下來。否則，有些隱喻語（kenning）——詩人用來指稱特定神話中某些事件的方式——就會變得毫無意義。比方弗蕾雅的眼淚便是一種說明「黃金」較詩意的方式。某些故事將北歐天神描述為古時候的人們或國王、英雄，如此一來，才能讓這些故事繼續在基督教世界裡流傳。某些故事和詩歌會提到或暗示其他故事，而那些是我們所沒有的。

或許，這就像希臘、羅馬那些與天神和神人混血有關的故事，最終流傳至今的只剩鐵修斯和赫丘力士的事蹟。

我們失去了好多東西。

北歐神話裡有許多女神。我們知道她們的名字，一些特質還有力量，但與之相關的故事、神話和儀式卻沒有流傳至今。我真希望我能重述艾兒的事蹟，因為她是眾神的醫師；以及安慰者洛芬，她是北歐神話裡的婚姻女神；又或者愛之女神席歐芬，更別說還有智慧女神芙爾。我可以想像那些故事的內容，但我無法述說她們的故事。她們已經永遠消失，或遭到埋藏，或為人遺忘。

我卯足全力，盡可能正確地重述這些神話，努力將故事說得趣味橫生。

有些故事裡的細節相互衝突，但我希望這些故事細節描繪出一個時空。當我重述它們，我會努力想像自己在很久很久以前，處在這些故事初次被述說的時候。或許是在冬日漫長的寒夜，在北極光的照耀之下；或在凌晨時分，坐在戶外，在仲夏永無止境的日光中醒來，身邊圍繞著一群聽眾，想知道索爾做了什麼事、什麼是彩虹、該怎麼過生活、為什麼會有蹩腳的詩歌。

當我寫完這些故事，並且按順序閱讀，我很訝異地發現這些故事就像一趟旅程，從宇宙在冰與火之中誕生開始，再到火與冰終結了世界。我們在這一路，碰到不少一眼就能認出的人；例如洛基、索爾和奧丁；以及我們很想多了解一點的人（我最喜歡的是洛基的巨人之妻安格玻莎。她替他生下怪物般的孩子，並在巴德爾被殺了之後以鬼魂的形式繼續存在）。

我不敢回頭去看我曾經鍾愛的北歐神話作家，像是羅杰．藍斯林．格林和凱文．克羅斯利—哈藍[1]，也不敢重讀他們所寫的故事。我反而把時間花在研讀斯諾里．斯圖魯松的《散文艾達》[2]的各種翻譯版本，以及《詩歌艾達》[3]裡的詩詞。我從九百年前的文字裡挑選我想要重述的故事，以及想要重述的方法，揉和了散文版和詩歌版的故事（比方索爾去拜訪黑米爾的這則，我在本書使用混搭：一開始先採用《詩歌艾達》的內容，然後從斯諾里的版本加入索爾釣魚冒險的細節。）我那本翻到破破爛爛、由魯道夫・西梅克所著、安琪拉・霍爾翻譯的《北歐神話辭典》[4]對我而言彌足珍貴。我經常參考，也不時感到大開眼界、增廣見聞。

非常感謝我的老友愛麗莎・奎特妮（Alisa Kwitney）在編輯上的協助。她提供絕佳的反饋，總是很有主見、直接了當，給我很多助益，而且她通情達禮又聰明，因為有她這本書才得以完成——雖然大多是因為她想要繼續讀下一個故事。她幫我騰出時間，寫出這本作品。我非常感激她。感謝史黛芬妮・蒙堤斯（Stephanie Monteith）鷹眼般犀利的目光和對北歐的知識，抓出我的幾個疏漏。也要感謝諾頓（Norton）出版社的艾咪・契利（Amy Cherry）。八年前，她在我的生日午餐會上建議我不妨重述神話。從各方面看來，她是全世界最有耐心的編輯。

本書所有的錯誤、驟下的結論以及古怪的看法，都由我個人全權負責，我不希望有人因此受到責難。我希望我有誠懇地重述這些故事，而且口吻中有喜悅、有創新。

這就是神話的樂趣所在。這樂趣來自於你自己述說神話的時候——我由衷地鼓勵你自己去說、去讀。讀一讀本書的故事，然後把故事吸收，轉化成自己的，在漆黑寒冷的冬天夜晚，或在日不落的夏夜裡，告訴你的朋友索爾的鎚子遭竊時所發生的事，或是奧丁如何替眾神取得詩歌之酒……

尼爾·蓋曼

二〇一六年五月寫於倫敦的李森格羅佛

1 凱文・克羅斯利—哈藍（Kevin Crossley-Holland）：出生於一九四一年，為知名英國詩人、文人，也在大學任教，時常受邀演講。他曾經翻譯以古英語撰寫的《貝奧武夫》史詩，也編寫英國民間傳說故事。他的兒童文學作品獲獎無數，其中最知名的要屬亞瑟王傳奇系列三部曲。他在一九八〇年所出版的《北歐神話》（*The Norse Myths*）十分出名，多次再版。

2 《散文艾達》（*Prose Edda*）：成於十三世紀，內容關於古代北歐神話，詩文夾雜。根據此書於十四世紀的註解及內文說明，咸認此書作者即為斯諾里・斯圖魯松（Snorri Sturluson）。此書標題原為《艾達》（*Edda*），但在十七世紀所發現的古籍《皇家手稿》（*Codex Regius*）也是內容關於北歐神話的詩集，因此也將此一古籍稱為《艾達》。為求區分，斯諾里・斯圖魯松的艾達詩集稱為《散文艾達》或《小艾達》（*Younger Edda*）。

3 《詩歌艾達》（*Poetic Edda*）：指的是十七世紀的冰島主教所發現並贈送當時丹麥國王而取名為《皇家手稿》的古籍。當中包含二十九首詩，內容均為古代北歐神話，有些文句也為斯諾里・斯圖魯松引用，為了區分這兩本典籍，此一古籍稱為《詩歌艾達》或《老艾達》。

4 《北歐神話辭典》（*A Dictionary of Northern Mythology*）：為奧地利學者魯道夫・西梅克（Rudolf Simek）以德文所撰寫，並於一九八四年出版。英文版在一九九九年出版，由安琪拉・霍爾（Angela Hall）所翻譯，同時有部分內容經作者修訂。

遊戲玩家

許多天神都依北歐神話命名，你在本書將會看到不少。然而，這裡大多數故事都跟與亞薩神族一起住在阿斯嘉的兩位天神有關：奧丁，以及他兒子索爾。另外，還有奧丁的拜把兄弟、名為洛基的巨人之子。

奧丁

眾神之中地位最高、年紀最長的就屬奧丁。

奧丁知道很多祕密。他為了智慧犧牲一隻眼睛。更有甚者，他為了求得盧恩符文的知識，為了獲取力量，為此他犧牲自己。

他倒掛在世界樹伊革爪瑟九天九夜，身體一邊被長矛刺穿，身受重傷。冷風不斷吹著他，強勁地吹襲他吊掛著的身體；他整整九天九夜不吃不喝，在那裡獨自一人承受痛苦，他的生命之光漸漸熄滅。

他覺得很冷，在痛苦之中、在瀕死之際，他的犧牲換來黑暗的收穫：在極度痛苦所產生的狂喜之中，他往下張望，盧恩符文出現在他眼前。他認識了這些文字，了解其中的意義和力量，然後繩子斷裂，他從樹上往下掉，放聲呼喊。

他現在懂得了魔法。世界歸他掌控。

奧丁擁有許多名字。他是眾神之父、戰死逝者之主宰、絞刑架之神。也是貨物之神和犯人之神。他被稱為戈林姆尼爾、第三[5]。他在每個國家都有不同的名字（因為他在眾多語言裡以不同形體受人膜拜。無論如何改變，他們膜拜的對象都是奧丁）。

他以喬裝之姿遊歷各地，見識凡人眼中的世界。當他走在我們之中，他會是體形高大、身穿斗篷、頭戴帽子。

他豢養兩隻烏鴉，將牠們命名為呼金和目寧，意思分別是「思想」和「記憶」。這兩隻烏鴉在世界各地飛來往返、尋找消息，並將萬物所有知識帶回給奧丁。牠們停駐在他的肩頭，在他耳邊低語。

當他坐在希利斯高夫的至高王座，他會觀察一切萬物，不論他們身在何處。所有事情都躲不過他的法眼。

他將戰爭帶入凡間：對敵軍扔擲長矛、引發爭端。戰役和戰爭所造成的死亡都會被獻給奧丁。假如你在戰爭中生還，乃是奧丁的恩典；假如你戰敗，那是因為他背叛了你。

假如你在戰場上英勇捐軀，收集高貴死者靈魂的美麗女武神薇兒奇麗（Valkyries）會引你前去被稱為「瓦爾哈拉」——英靈殿的殿堂。他會在瓦爾哈拉等待你，你將在那裡大口飲酒、大啖宴席、不停征戰，接受奧丁的領導。

5 若是古北歐語，Third的確如同英文的意思，但沒有資料顯示為何奧丁會有這個名字。可能與他的兩個兄弟有關。

索爾

雷神索爾為奧丁之子。相較於父親奧丁的詭計多端和狡猾，他則是直來直往、善良敦厚。他身形高大壯碩，蓄著紅鬍，力氣過人，在所有天神之中，具有最強大的力量。他所配戴的力量腰帶增加了他的威力。當他繫上這條腰帶，力氣就會加倍。索爾的武器名為妙爾尼爾，這是一把舉世無雙的鎚子，由矮人族替他打造。你們之後便會聽到這個故事。山怪、冰霜巨人及高山巨人見到妙爾尼爾時都會全身顫抖，因為他們有許多親友命喪在這把妙爾尼爾鎚之下。索爾戴著鐵手套，方便握住鎚子的握柄。

索爾的母親為大地女神悠德。索爾的兒子分別為代表憤怒的莫迪、代表強壯的麥格尼；索爾的女兒則是代表力量的絲絡德。

索爾的妻子是金髮希芙。她在嫁給索爾之前育有一子歐勒，而索爾是歐勒的繼父。歐勒是弓箭之神，也是滑雪之神。

索爾守護阿斯嘉和米德嘉。關於索爾及其冒險的故事非常多。各位在本書裡將會聽到一些。

洛基

洛基長相非常英俊。他花言巧語，看似可信且討人喜愛，無疑是所有阿斯嘉居民之中最狡猾、最敏銳又最精明的一位天神。不過，可惜他的內心太過黑暗，滿滿的憤怒、溢出來的嫉妒，更是充滿欲望。

洛基是勞菲之子，勞菲也稱奈兒，或針，因為她苗條美麗又俐落。他的父親據說是巨人法波帝，名字意為「使出危險的攻擊手段之人」，而法波帝本人就和他的名字一樣危險。

洛基可穿著能飛翔的鞋子在天上行走；他能變形，所以能夠看起來像他人的形貌，或幻化成動物。但他真正的武器是頭腦。比起任何一位天神或巨人，他都來得更狡猾、更精明、更詭計多端。就連奧丁都沒有洛基狡猾。

洛基是奧丁的拜把兄弟。其他天神不知道洛基是何時、又是怎麼來到阿斯嘉的。他既是索爾的朋友，也是背叛索爾的人。其他天神容忍他，或許是因為他的策略和計畫經常解救他們，但也常使他們惹禍上身。

洛基使得這個世界變得更有趣，但也更不安全。他是怪物之父、悲嘆始作俑者、狡猾天神。

洛基的酒喝得太多，當他喝酒，就管不了自己會說出什麼、想些什麼或幹下什麼。洛基和他的孩子將在世界末日來臨時聯手，而他們不會與阿斯嘉天神站在同一邊。

開始之前與之後

I

開始之前，一切空無——沒有大地、沒有天空、沒有星辰、沒有蒼穹；僅有一片霧茫茫的世界。沒有形狀，不具形體，火焰世界永遠在燃燒。

北方是黑暗世界尼弗亥姆。此處有十一條有毒的河流穿越濃霧，每條河都源自位於中心的同一口井；漩渦猛烈洶湧，稱為禾維勾密爾。尼弗亥姆不只是冷，而是冷上加冷，朦朧不清的濃霧籠罩一切。濃霧藏起天空，地面也是寒冷刺骨、霧濛濛一片。

南方是穆斯卑爾。穆斯卑爾便是火。那裡的一切都發著光燃燒。穆斯卑爾耀眼光亮，而尼弗亥姆黯淡無光，到處是熔岩。在那裡，濃霧世界終年冰凍。大地熊熊燃燒，瀰漫鐵匠爐火的熾烈高溫。這裡沒有堅硬的大地，沒有天空，只有火花和噴散的熱氣，只有熔岩與依舊燃燒的餘燼。

在穆斯卑爾，在火焰邊緣，在霧散有光的地方，宗特就站在那裡。他在天神出現之前就已經存在於世。現在，他就站在那兒，手持一把火焰劍，冒泡的熔岩和冰冷的霧對他來說是同為一體。

據說在諸神黃昏，也就是世界末日來臨之際，宗特只有在這個時候會離開崗位。他會手持火焰之劍從穆斯卑爾出發，以火焰燃燒世界，諸神會一個接著一個在他面前倒下。

II

在穆斯卑爾和尼弗亥姆之間存在著虛無，那是完全沒有形體的空無之地。迷霧世界的河流流入虛無，這裡被稱為基努卡蓋普，意為「鴻溝」。許久之後、在經過無法計算的時間之後，這些在火與霧之間的有毒河流緩緩形成巨大的冰河。虛無的北方被覆蓋在冰凍的濃霧和一顆顆冰雹之下，但若往南，也就是冰河抵達火焰之境的地方，穆斯卑爾的餘燼和火花與冰相遇，來自火焰之境的暖風使得冰上的空氣變得如春日般舒適。

當冰和火相遇，冰塊融化，生命出現在融化的冰水裡。一個像人的生物冒出。牠比任何世界都龐大，而且比前所未有的巨人更巨大。牠既非男人也非女人，而是既為男人，也為女人。

這個生物是所有巨人的祖先，牠自稱尤彌爾。

尤彌爾並非唯一由融冰形成的生物。另有一隻無角的母牛，體型比你想像的還更龐大。牠舔著鹹冰塊當作食物和飲水，從牠四個乳房所流出的奶水有如河流。就是這牛奶孕育了尤彌爾。

巨人喝牛奶，不斷長大。

尤彌爾稱這條牛是奧德姆拉。

牛的粉紅色舌頭舔著從冰塊成形的人：第一天只有一根頭髮，第二天是頭，第三天就出現一個完整的人類形體。

這個人就是布里，是天神的祖先。

尤彌爾在睡覺，牠在睡眠中產下子嗣。一名男巨人和一名女巨人從尤彌爾的左手臂下誕生；一個六頭巨人從牠的腿間誕生。尤彌爾的孩子，也就是所有巨人，都從這裡出生。

布里從這些巨人中挑了一名妻子，他們生下一個兒子，將之命名為波爾。波爾娶了一名巨人之女貝絲拉為妻，兩人共同生下三個兒子：奧丁、斐利和維。

波爾的三個兒子奧丁、斐利和維長大成人。在他們成長的時候，看見遠處的穆斯卑爾之火與尼弗亥姆的黑暗，但他們曉得，去到這兩個地方對他們來說是必死無疑。三兄弟因此永遠受困在基努卡蓋普，在這條火與霧之間的鴻溝裡。他們根本哪裡都去不了。

沒有海、沒有沙子，沒有青草也沒有岩石；沒有泥土，沒有樹，沒有天空，沒有星星。那時沒有世界，沒有天與地；鴻溝就是虛無，只有一個空盪盪的地方，等待被放入生命與存在物。

這是創造一切的時機。維、斐利和奧丁看看彼此，談論要在基努卡蓋普這塊虛無之地做些什麼才對。他們在言談間說起宇宙、生命和未來。

奧丁、斐利和維殺了巨人尤彌爾。這事非做不可。沒有其他創造世界的方法。這就是一切萬物的起始，死亡使得所有生命變得可能。

他們刺死大巨人。尤彌爾屍體汩汩流出鮮血，流量之大，令人難以想像；噴發的鮮血如海水般鹹，如洪水爆發時的海水一樣灰濛。來得如此突然、如此強勁、如此深沉，沖走並淹死了所有巨人。（僅有尤彌爾的孫子貝苟米爾及其妻，因爬進一個可以像船一樣裝載他們的木箱，得以存活。我們今日所見並畏懼害怕的巨人，都是他們的後代子孫。）

奧丁和他兩個兄弟用尤彌爾做出泥土，他們將尤彌爾的骨頭推成高山和峭壁。我們的岩石、鵝卵石，你所看到的沙子和砂礫，這些是尤彌爾的牙齒，以及他與奧丁、斐利和維打鬥時被打碎的骨頭碎屑。

環繞世界的海洋——這些是尤彌爾的鮮血及汗水。

抬頭看看天空——你現在看到的是尤彌爾的頭殼內部。在晚上看見的星星、星球、所有的彗星和流星，這些全是穆斯卑爾之火所飛濺的火花。那所有你在白天看到的雲朵呢？——曾經是尤彌爾的腦袋。即使現在，誰曉得這些雲在想些什麼呢？

III

世界是一塊平坦的圓盤，周圍有海洋環繞。巨人住在世界邊緣，就在最深的海洋旁邊。為了不讓巨人靠近，奧丁、斐利與維用尤彌爾的眼睫毛做了一道牆，放在世界的中心。他們稱牆內的地方是米德嘉。

米德嘉空空如也。土地很美，但是沒有人在草地上行走，或是在清澈的水裡釣魚；沒人探索布滿岩石的群山，或凝望雲朵。

奧丁、斐利與維知道，世界必須要有人居住才是世界。他們上窮碧落下黃泉地去找尋人類的蹤影，卻一無所獲。最後，在海洋邊緣，在滿布岩石的礫灘上，他們發現原先被扔入海裡的兩塊木頭，因為海浪拍打而被沖上岸。

第一塊木頭是梣木。梣木強韌漂亮，樹根很深，木頭很好雕刻，不易斷裂或裂開。梣木可以做成很棒的工具把手或矛柄。

他們所找到的第二塊木頭就在海灘上的第一塊木頭旁，跟第一塊木頭離得很近，幾乎碰在一起。這塊是榆木。榆樹很優雅，但木頭的硬度足以做成最堅固的木板和梁；用榆樹的木頭絕對能打造一棟漂亮的家或是大房屋。

天神帶走兩塊木頭，將兩塊木頭立在沙上，等同人類身高。奧丁握著木頭，一個個在木塊注入生命氣息。它們不再是海灘上的枯木，現在已經有生命了。

斐利賦予他們意志；他賦予他們智識和動力。現在他們能走動，而且擁有欲望。

維雕刻木塊。他給予他們人類形體。他雕出他們的耳朵，讓他們能聽；刻出眼睛，讓他們能看；雕刻了嘴脣，讓他們能說話。

兩塊木頭站在海灘上，那是兩個裸體的人。維在一塊木頭上刻出男性生殖器官，在另一塊刻出女性生殖器官。

三兄弟替女人和男人製作衣服，好讓他們在世界邊緣、海風刺骨的海灘上，能著衣蔽體，並且保暖。

最後，他們替這兩個自己親手創造出來的人類命名：男人叫艾斯克，或梣樹；女人叫恩波拉，或榆樹。

艾斯克和恩波拉是所有人的父親和母親，每個人的生命都來自父母，也來自他們的父母和他們之前的父母。回到遠古時候，我們每個人的祖先都是艾斯克和恩波拉。

恩波拉和艾斯克留在米德嘉，天神以尤彌爾的眼睫毛做成的牆使他們安全無虞。他們在米德嘉可以建立家園、受到保護，不受巨人、怪物及各種潛伏在荒原的危險。他們在米德嘉可以安穩地撫養孩子長大。

因此，奧丁才會被稱為眾神之父。因為他是諸神的父親，因為他在我們的祖父母的祖父母的祖父母體內注入生命氣息。不論我們是天神或凡人，奧丁都是我們所有人的父親。

世界樹與九個世界

伊革爪瑟是一棵力量強大的梣樹，在所有樹木之中最完美漂亮，同時也是最大的一棵樹。它生長在九個世界之間，將每一個世界串連起來。它是那裡最大也最美的一棵樹。樹枝頂端高過天空。

這棵梣樹大得不得了，樹根分布在三個世界裡，由三口水井灌溉。

第一條樹根，也是其中最深的樹根，延伸至冥界尼弗亥姆。這裡是最早存在的地方。在此黑暗世界的中心，有一泓稱為席奧勾米爾的泉水，終年源源不絕，發出的聲響之大，聽起來有如燒開水時鳴叫的水壺。名為尼德侯格的龍就住在這塊水域，總是從底下啃食樹根。

第二條樹根延伸至冰霜巨人的境地，到達密米爾之井。

有一隻鷲在世界樹最高的枝頭上等待，知曉許多事情；還有一隻鷹停駐在鷲的雙眼之間。有隻名為拉塔托斯克的松鼠住在世界樹的樹枝上。牠從吃腐屍又令人畏懼的尼德侯格那裡聽來流言和訊息，再跑去告訴鷲，兩邊來回。松鼠對牠們倆說謊，以挑起兩邊憤怒為樂。有四頭雄鹿啃食世界樹的巨大樹枝，吞食落葉和樹幹。有數不盡的蛇在樹底下爬行，啃咬樹根。

世界樹可以攀爬。奧丁就是拿自己獻祭，吊掛在這裡，將世界樹當成絞刑臺，將自己當成絞刑之神。

諸神不攀爬世界樹。他們利用名為「拜福洛斯特」的彩虹橋往返於不同的世界。只有天神才能在彩虹上往返；任何冰霜巨人或山怪若想爬上這棵樹、去到阿斯嘉，雙腳必會灼傷。

共有九個世界：

阿斯嘉，亞薩神族的家。奧丁居住於此。

奧弗海姆，光明精靈住在此地。光明精靈如同太陽或星辰一般美麗。

尼叟非立爾，有時也稱為史瓦托海姆。矮人（也稱為黑暗精靈）住在山下，創作出各種精湛的發明。

米德嘉，男人與女人的世界。這是我們建立家園的世界。

約頓海姆，冰霜巨人和高山巨人遊走其間，以此為家，將房子蓋在此地。

華納海姆，華納神族居住在此。亞薩神族和華納神族皆為天神，因為和平協定而統一。許多華納族天神與亞薩族天神一同居住在阿斯嘉。

尼弗亥姆，是黑霧世界。

穆斯卑爾，為火焰世界。佘特在此處等待。

還有一個地方以統治者命名：海爾。這裡是非英勇戰死之人死後所前去之地。

世界樹的最後一條樹根延伸至一處在諸神家園的泉水，也就是亞薩神族所居住的阿斯嘉。諸神每天都在此開會。世界木日之際，在他們出發參加諸神黃昏的最後一役，他們也會在此集結。這口水井被稱為歐司之井。

有三姊妹諾恩女神，她們是聰慧的女孩。她們看顧水井，確保伊革爪瑟的樹根有泥巴覆蓋，得到妥善照料。水井歸歐司所有；她是宿命和命運。她代表你的過去。與她一起的還有瓦珊蒂——她的名字意為「轉化」——掌管現在，而史固的名字意為「意圖之事」，所掌管的是未來。

諾恩女神會決定你生命裡發生的大小事。命運女神並非只有這三姐妹，還有其他人。有巨人命運女神、精靈命運女神、矮人命運女神和華納族命運女神；好命運女神和壞命運女神，你的未來如何，全由她們決定。有些命運女神賜與人們美好一生，其他則使我們的過得艱困、短暫甚至多舛。

她們就在歐司井邊，形塑你的命運。

密米爾之頭與奧丁之眼

在約頓海姆，也就是巨人的家園，有一口密米爾之井。它從地底深處往上冒泡，灌溉世界樹伊革爪瑟。密米爾聰明睿智，守護著記憶，通曉許多知識。他的水井就是智慧。世界剛誕生不久，他每天一早飲用井水，拿名為吉耶拉洪角的獸角汲水，並全部喝乾。

很久很久以前，世界剛誕生不久，奧丁穿上長斗篷並戴上帽子，假扮旅人，遊歷並穿越巨人之地，冒著生命危險去拜訪密米爾，尋求智慧。

「我想從您的井裡舀一杯水喝，密米爾舅舅，」奧丁說。「我只有這個要求。」

密米爾搖搖頭。除了密米爾之外，沒有人能喝這口井水。他一句話都沒說，只因靜默之人很少犯錯。

「我是您的外甥，」奧丁說。「我的母親貝絲拉是您的妹妹。」

「這樣還不夠。」密米爾說。

「一杯水。密米爾，我只要喝一杯您的井水，就會變得博學多聞。您出個價吧。」

「代價就是你的一隻眼睛，」密米爾說。「把你的眼睛放進池裡。」

奧丁沒問他是否在開玩笑。他穿過巨人之地來到密米爾之井，路途漫長又危險。奧丁願意冒著生命危險來到這裡，也願意做更多事來換取他尋尋覓覓的智慧。

奧丁看來心意已決。

「給我一把刀。」他只說了這麼一句話。

在他做了該做的事之後，將眼睛小心翼翼放入水池。那隻眼從水裡往上瞪視他，奧丁以密米爾水池的水注滿吉耶拉洪角，拿起來靠近脣邊。井水冰涼。他一飲而盡。智慧貫穿他全身上下。比起還有雙眼的時候，他現在以單眼看得更遠、更清楚。

自此以後，奧丁被賦予其他名諱：人們稱他布林德，意為盲神；霍爾，意為單眼之神；以及包雷格，意為火眼之神。

奧丁的眼睛一直留在密米爾的水井裡，由灌溉世界樹的水所保存。這隻眼睛什麼都沒看見，也什麼都看見了。

日子一天天過去。當亞薩族和華納族之間停戰，彼此交換戰士和領袖，奧丁派密米爾前去華納族，擔任亞薩族天神海尼邇的參謀，而海尼邇將成為華納族的新領袖。

海尼邇高大英俊，看起來頗有國王英姿。當密米爾在他身邊，對他提出建言，海尼邇談吐也像個國王，並做出英明的決定。然而，只要密米爾不在，海尼邇似乎就無法做決定，華納族很快對此厭煩。於是他們展開報復——對象不是海尼邇，而是密米爾——他們砍下密米爾的頭，並且送給奧丁。

奧丁沒有生氣。他以某種香草去摩擦密米爾的頭顱，防止腐爛；他對著頭顱施法念咒，因為他不希望密米爾的知識從此消失不見。很快地，密米爾睜開眼睛，對他說話。密米爾提出很好的建議，向來如此。

奧丁帶著密米爾的頭顱返回世界樹底下的水井，並將頭顱放在井裡，就擺在他的眼睛旁，放在未來與過去知識的水中。

奧丁將吉耶拉洪角交給諸神的守護者海姆達爾。當吉耶拉洪角吹響的那一天，不論眾神身在何處，無論他們睡得多麼沉，一定都會被喚醒。

海姆達爾只會吹響吉耶拉洪角一次，就是在一切毀滅之時，也就是諸神黃昏來臨之際。

諸神的寶物

I

索爾的妻子是美麗的希芙。她來自亞薩神族。索爾就愛她這個模樣；愛她那雙湛藍的雙眼與蒼白的肌膚，愛她的紅脣與笑靨，而且愛她那頭長長的秀髮，顏色正如夏季尾聲的大麥田。

索爾醒來，盯著正熟睡的希芙。他搔了搔鬍子，然後用他的一隻大手拍拍妻子。「妳怎麼了？」他問。

她睜開眼，瞳仁有如夏日天空般湛藍。「你在說什麼？」她問，然後甩甩頭，一臉茫然。她的手指往上摸到光禿禿的粉紅色頭皮，猶豫又小心地摸了半天。她一臉驚恐地看著索爾。

「我的頭髮。」她只說了這句話。

索爾點點頭。「沒了，」他說。「他讓妳變成禿頭。」

「他？」希芙問。

索爾什麼都沒說。他繫上力量腰帶梅金約德，這能使他巨大的力量加倍。「洛基，」他說。「這是洛基做的。」

「為什麼這麼說？」希芙說，驚慌失措地摸著自己的光頭，彷彿胡亂摸就能讓頭髮變回來。

「因為，」索爾說：「只要出什麼問題，我總是第一個想到：那一定是洛基的錯。這樣可以節省許多時間。」

索爾發現洛基的門鎖著，所以他把門推開——木門碎成一地。他拎起洛基，只說了句：「為什麼？」

「什麼為什麼？」洛基的表情無辜得像完美的畫作。

「希芙的頭髮。我妻子的金髮。這麼漂亮的頭髮，你為什麼要剪掉？」

百種表情在洛基臉上此起彼落出現：狡猾、無精打采、蠻橫好鬥、困惑。索爾用力搖著洛基。洛基低下頭，盡力擺出羞愧的模樣。「因為好玩。我當時喝醉了。」

索爾垂下眉毛。「希芙的頭髮是她的榮耀。大家會認為她的頭被剃光是受到懲罰，是因為她跟不該混在一起的人混在一起，做了不該做的事。」

「嗯，沒錯，你說得對，」洛基說。「別人大概是會那樣想。遺憾的是，因為我是從髮根取走頭髮，她這輩子大概永遠都會是禿頭……」

「不，她不會一輩子禿頭。」索爾的表情彷彿雷聲響起。他抬眼看著被他高舉過頭的洛基。

「恐怕就是如此。不過總有帽子和圍巾能……」

「她不會一輩子禿頭的，」索爾說。「因為，勞菲之子洛基，假如你現在不把她的頭髮弄回去，我會打斷你身體的每一根骨頭——每一根。假如她的頭髮沒有好好長出來，我會回來找你，真的打斷你身體的每一根骨頭，長好再打斷、長好再打斷。假如我天天這麼做，很快就會很上手。」他繼續說，口氣稍微有點開心。

「不行！」洛基說。「我沒辦法把她的頭髮放回去。不是這樣運作的。」

「今天呢，」索爾沉思。「打斷你身體的每一根骨頭大概會花我一個鐘頭的時間。但我敢打賭，只要好好練習，我可以縮減到十五分鐘內就全部打斷。測試一下我能不能做到應該很有意思。」他出手要打斷他的第一根骨頭。

「矮人！」洛基尖叫。

「你說什麼？」

「矮人！他們什麼都能做。他們可以替希芙做金髮，能夠接上她的頭皮、長出正常完美的金髮。他們辦得到！我發誓他們辦得到！」

「那麼，」索爾說：「你最好去跟他們談一談。」他將原本高舉過頭的洛基摔在地上。

洛基連忙爬起，並且在索爾打斷他更多骨頭之前匆匆離開。

他穿上那雙可以讓他在天空來去自如的鞋子前往史瓦托海姆。這裡有矮人的工作坊。他決定要去找矮人裡最匠心獨具的工匠，也就是人稱伊瓦第之子的三矮人。

洛基去到他們地底下的冶煉室。「伊瓦第之子，你們好，我到處打聽，這裡的人告訴我布洛克和艾崔里兩兄弟是前所未有、最了不起的矮人工匠。」洛基說。

「不對，」一位伊瓦第之子說。「應該是我們。我們才是世界上最厲害的工匠。」

「有人向我保證布洛克和艾崔里能跟你們一樣做出精美的寶物。」

「謊話連篇！」個頭最高的伊瓦第之子說。「讓那些手拙的蠢蛋替馬打蹄鐵我可不會放心。」

最矮小也最聰明的伊瓦第之子只是聳聳肩。「不管他們做什麼，我們都能做得更好。」

「我聽說，」洛基說。「他們向你們挑戰三樣寶物。亞薩族天神將會評判誰做出的寶物最好。喔，還有，你們做的其中一樣寶物得是頭髮。能自行生長的完美金髮。」

「我們做得出來。」一名伊瓦第之子說。就連洛基也分不出來他們誰是誰。

洛基穿越高山去見人稱布洛克的矮人，他正在跟哥哥艾崔里[6]共用的工作室裡。「伊瓦第之子要打造三樣寶物當禮物，獻給阿斯嘉諸神，」洛基說。「眾神將對這些寶物做出評判。伊瓦第之子要我轉告，他們很肯定你和艾崔里的手藝不如他們。他們說你們是『手拙的蠢蛋』。」

布洛克也不是傻瓜。「洛基，這件事在我聽來非常可疑，」他說。「這真的不是你在搞鬼？故意在艾崔里、我和伊瓦第之子中間挑撥，很像是你會做的事。」

洛基盡可能擺出坦率的態度，樣貌之逼真，令人驚奇。「這和我無關，」他無辜地說。「我只是認為你們應該要知道這件事。」

「此事與你個人無關？」布洛克問。

「一點關係都沒有。」

布洛克點點頭，抬頭看著洛基。布洛克的哥哥艾崔里是一位厲害的工匠，但在兩兄弟之

6 不同版本的神話並未解釋這兩人誰是兄、誰是弟，暫且將布洛克解釋為弟弟。

中，布洛克比較聰明，決心也最強。「那麼，我們很高興參加這場有眾神評審的技術競賽，挑戰伊瓦第兄弟。比起伊瓦第那家人，我肯定艾崔里能鑄造出更優異精巧的東西。不過，洛基，我提議把這也當成我們之間的事，你說怎麼樣？」

「你有什麼想法？」洛基問。

「你的腦袋，」布洛克說。「洛基，假如我們贏得這場比賽，我們就可以得到你的腦袋。你的腦袋瓜裡有各種稀奇古怪的想法，我百分百相信艾崔里能夠用你的腦袋做出絕妙的裝置——或許是一臺思考機器，或許是個墨水瓶。」

洛基保持微笑，但內心裡暗自咒罵：這天的一開始過得還真順利呢。不過。他只要確保艾崔里和布洛克輸了比賽就好。眾神依然能從矮人那邊得到六件很棒的寶物，而希芙會得到她的金髮。他能做到的。他可是洛基。

「當然，」他說。「我的腦袋。沒問題。」

在山的另一邊，伊瓦第之子正在製作他們的寶物。洛基不擔心他們，但他得確定布洛克和艾崔里絕對沒有一丁點獲勝的可能。

布洛克和艾崔里進入冶煉室。那裡很暗，得靠著燃燒的煤炭發出的橘光來照明。艾崔里從架上拿出一張豬皮，放進熔爐。「我一直保留這張豬皮，就是在這種時候用的。」他說。

布洛克點點頭。

「好了，」艾崔里說。「布洛克，你去拉動風箱——要不停地拉。我需要高溫，而且一定要保持溫度，否則就不會成功。拉呀！拉動風箱吧。」

布洛克開始拉動風箱，朝熔爐注入富含氧氣的空氣，為每一樣東西加熱。他以前做了很多次了。艾崔里在旁觀看，直到溫度令他滿意為止。

艾崔里離開冶煉室，到外面去進行創作。當他開門出去，一隻黑色大蟲飛了進來。那既不是馬虻，也不是鹿虻，這隻黑蟲的體型比這兩種蟲還大。牠飛進去，不懷好意地在室內繞。

布洛克能聽見艾崔里在冶煉室外拿著榔頭敲擊，聽見他在磨、扭、塑形、敲打東西的聲音。

這隻黑色大蒼蠅是你所見過最大、最黑的一隻，它停在布洛克的手背上。布洛克的雙手都在風箱上頭，沒為了揮打蒼蠅而停止送風。蒼蠅叮了布洛克，在他的手背上狠狠叮了一口。

布洛克繼續拉動風箱。

門開了，艾崔里走進來，小心翼翼地將作品從熔爐裡取出。那看起來像是一頭大野豬，有著金光閃閃的豬鬃。

「做得好，」艾崔里說。「要是稍微過熱或過冷，整個東西就會報廢，浪費我們時間。」

「你也做得很好。」布洛克說。

黑色蒼蠅在天花板角落，因為憤恨與不耐激動不已。

艾崔里拿出一塊金磚，放進熔爐。「好，」他說。「接下來的這個東西會令他們大為折服。聽我口令開始拉動風箱，不管發生什麼事，速度都不可以慢下來，也不可以加快，更不能停。這可是一件精密度極高的作品。」

「知道了。」布洛克說。

艾崔里離開房間，開始工作。布洛克等到聽見艾崔里的呼聲，便開始拉動風箱。

黑色蒼蠅若有所思地在室內繞，然後停在布洛克的脖子上。因為室內空氣又熱又悶，這隻蟲小心翼翼地避開他身上不斷流出的汗水。牠盡可能地用力叮咬布洛克的脖子。鮮紅的血與布洛克脖子上的汗混雜在一起，但矮人沒有停止拉動風箱。

艾崔里回來。他從熔爐裡拿出一枚白熱的臂環。他扔進冶煉室裡用石頭做成的冷卻池，淬火冷卻。當臂環掉進水裡，立刻升起一陣蒸氣。臂環冷卻了，很快轉為橘色，再轉為火紅，完全冷卻之後，臂環變成金色。

「這叫卓洛普尼爾（Draupnir）。」艾崔里說。

「滴漏？替臂環取這名字很好笑。」布洛克說。

「但這臂環一點不好笑。」艾崔里說，並向布洛克解釋這枚臂環到底有什麼特別之處。

艾崔里說：「現在，有一樣我想做很久的東西。那會是我的精心傑作。但製作起來比另外兩樣更棘手。所以你得做的就是——」

「拉風箱，而且不可以停下來？」布洛克說。

「沒錯，」艾崔里說。「而且要比之前更謹慎。不可改變你的速度，否則整件作品就毀了。」艾崔里拿起一塊生鐵，比黑蒼蠅（其實它就是洛基）所看過的都要大。他抬起來放進熔爐。

他離開冶煉室，大喊著要布洛克開始拉動風箱。

布洛克開始拉風箱，艾崔里一邊拉整、塑形、焊牢、接合，一邊開始敲敲打打。化身蒼蠅的洛基認為沒時間慢慢磨了。艾崔里的傑作將令眾神驚豔，假如眾神大為讚賞，那麼他的腦袋就會不保。洛基停在布洛克的雙眼之間，開始叮咬矮人的眼皮。矮人繼續拉風箱，他的眼睛一陣刺痛，洛基越叮越深、越叮越用力、越叮越急。現在，血從矮人的眼皮上滴下來，掉進他的眼睛裡，一路往下流，遮蔽了他的視線。

布洛克瞇起眼睛，搖搖頭，試圖擺脫蒼蠅。他的頭甩來甩去，他狂撇嘴，想對著蒼蠅吹氣。沒用。蒼蠅繼續叮他，矮人什麼都看不見，只看到血。他的頭痛得不得了。

布洛克數著數。當他往下一拉，一手揮離風箱要拍打蒼蠅。他的速度之快、力道之大，洛基差點來不及逃命。布洛克再次抓住風箱，繼續拉動。

「夠了！」艾崔里喊道。

黑蒼蠅搖搖晃晃地在室內飛繞。艾崔里把門打開，蒼蠅趁空逃了出去。

艾崔里失望地看著他的弟弟。布洛克的臉慘兮兮，沾滿血和汗水。「我真不知道你剛才在搞什麼，」艾崔里說。「但你差點毀了一切。事已至此，現在東西已經不如我期望的那樣精湛絕妙，接下來只能看著辦了。」

洛基恢復原本的姿態，從打開的門緩緩走進來。「東西已經全部準備好、可以參加比賽了嗎？」他問。

「布洛克可以去阿斯嘉，將我的禮物呈現給諸神，並且把你的頭砍下來，」艾崔里說。「我呢，我喜歡待在我的冶煉室裡做東西。」

布洛克透過腫起來的眼皮瞪著洛基。「我很期待把你的頭給砍下來，」布洛克說。「現在這成了私人恩怨。」

II

在阿斯嘉，三位天神各自坐在王座上：眾神之父獨眼奧丁、紅鬍子的雷神索爾，以及掌管夏季豐收的英俊天神弗雷。他們三位是評審。

洛基站在他們前面，旁邊是三名幾乎長得一模一樣的伊瓦第之子。

黑鬍布洛克正在沉思，他獨自一人站在一旁，他帶來的東西藏在布幔之下。

「那麼，」奧丁說。「我們要評審什麼呢？」

「寶物，」洛基說。「伊瓦第之子為您——偉大的奧丁，以及索爾和弗雷製作了禮物，艾崔里和布洛克也一樣做了禮物。由您來決定這六樣之中哪個最好。我會親自向您展示由伊瓦第之子所做的禮物。」

他向奧丁展示一支名為「貢尼爾」的長矛。這是一支很漂亮的長矛，上面精細巧妙地雕刻了盧恩符文。

「它可以穿透任何事物。凡是擲出，它永遠都會找到目標，」洛基說。畢竟奧丁只有一隻眼，有時他的準頭並不完美。「而且，另外一個很重要的關鍵是，以此長矛所立下的誓言不可打破。」

奧丁舉起長矛。「非常好。」他只說了這句話。

「這個呢，」洛基驕傲地說：「是一頭流動的金髮，用真正的黃金做成。它會自動接在需要頭髮的人的頭上，並能像真正的頭髮一樣生長、飄動。這一頭秀髮共有十萬束金子。」

「我來試試看，」索爾說。「希芙，過來這裡。」

希芙站起來走到前面，她的頭蓋著。她拿下頭巾。當眾神看見希芙那顆光禿禿、粉紅色的頭，大吃了一驚。她小心翼翼將矮人做的黃金假髮戴在頭上，甩了甩。他們看著假髮的底部自動連接到她的頭皮，他們面前的希芙變得甚至比以前更加容光煥發、更為美麗。

「了不起，」索爾說。「做得好！」

希芙甩甩金髮，走出大殿，到戶外陽光下，向朋友展示她的新頭髮。

伊瓦第之子的最後一樣精美禮物，是一塊像布一樣折起來、很小很小的東西。洛基把這塊布擺在弗雷面前。

「這是什麼？看起來像是一條絲巾。」弗雷說，無動於衷。

「的確是絲巾，」洛基說。「但要是你把它攤開，就會發現這是一艘船，稱之為『史基普拉尼』。不管去到哪裡，永遠都能順風航行。雖然船很大——搞不好是你想像中最大的一艘船，但如你所見，這艘船可以折疊，像塊布一樣，這樣就能放在你的包包裡。」

弗雷現在驚嘆不已，洛基鬆了口氣。這三樣是絕佳的禮物。

現在輪到布洛克。他的眼皮又紅又腫，脖子上有個被蟲叮咬的大腫塊。洛基認為布洛克看起來有點太得意了。尤其他分明看到了伊瓦第之子所製作的寶物有多優秀。

布洛克拿出金臂環，放在端坐高聳王座的奧丁面前。「這只臂環稱為『卓洛普尼爾』，」布洛克說。「因為每九個晚上，就會從中再掉出八只同樣美麗的金臂環。你可以用來獎賞他人，或留起來，增加你的財富。」

奧丁檢視臂環，然後戴到手臂上，往上推到二頭肌的位置。臂環在手臂上閃耀著。「非常好。」他說。

洛基想起之前奧丁也針對長矛說了同樣一句話。

布洛克走到弗雷面前，把布掀開，露出一隻有著黃金豬鬃的大野豬。

「這隻豬是我的哥哥為你做的，用來拉你的戰車，」布洛克說。「它能上天下海、縱橫各地，速度比跑得最快的馬更快。而且，因為它身上的黃金豬鬃會綻放光亮，再也不會有夜晚的漆黑，並能讓你看清自己手邊正在做什麼。它永遠都不會累，永遠不會讓你失望。我稱之為『古倫布斯迪』，意為身上有著黃金鬃毛。」

弗雷一臉佩服。儘管如此，洛基心想，那塊折起來的布和一頭在黑暗中發光、銳不可當的野豬一樣令人讚嘆。洛基的腦袋很安全，因為洛基知道，布洛克呈出的最後一樣禮物已被他成功破壞。

布洛克從布底下拿出一把鎚子，放在索爾面前。

索爾看了看鎚子，嗤了一下。

「握柄很短。」他說。

布洛克點點頭。「對，」他說。「這是我的錯。我負責拉風箱。但是，在你認為它不值一顧前，我先來告訴您這把鎚子的獨特之處。這把鎚子稱為妙爾尼爾，意為閃電製造者。首先，這是打不壞的——不管你多麼用力，鎚子永遠都不會受損。」

索爾看起來有興趣了。他這些年來弄壞許多武器，而且通常是打東西打壞的。

「假如你扔出鎚子，它永遠都能命中你要的目標。」

索爾看起來更感興趣了。他已經失去很多絕佳的武器，因為都拿去扔在令他惱怒的東西上——而且還弄不見。他看到太多他丟出去的武器消失在遠方，從今往後再也沒看過。

「不管你扔得多用力或多遠，鎚子永遠都會回到你的手上。」

索爾現在真的面露笑容了。雷神的臉上不常出現笑容。

「你可以改變鎚子的大小，它可以變大；如果你想要它變小，也能隨意縮小，可以藏在你的衣服裡。」

索爾高興地一拍手，雷聲迴盪在阿斯嘉。

「然而，如你所見，」布洛克悲傷地做出結論。「鎚子的握柄的確太短。這是我的錯。我在我哥哥艾崔里打造鎚子時沒有持續拉動風箱。」

「握柄短不過是個小小的外觀缺陷罷了，」索爾說。「這把鎚子可以保護我們不受冰霜巨人的威脅。這是我所見過最好的禮物。」

「它會保護阿斯嘉，會保護我們所有人。」奧丁讚許地說。

「假如我是巨人，假如索爾擁有這把鎚子，我會非常怕他。」弗雷說。

「沒錯。這是一把很棒的鎚子，可是索爾，那頭髮呢？希芙那一頭美麗的新金髮呢？」

洛基心急如焚地問。

「什麼？喔，沒錯啊，我的妻子有非常棒的頭髮，」索爾說。「布洛克，教我怎麼把鎚子變大變小。」

「索爾的鎚子比我的船和野豬更優秀精緻，」弗雷承認道。「它會保護阿斯嘉眾神的安全。」

眾神紛紛拍拍布洛克的背，告訴他說，他和艾崔里做出他們收過最好的禮物。

「非常好，」布洛克說。他轉身面對洛基。「現在呢，」布洛克說。「勞菲之子，我要來砍下你的頭，一起帶回去。艾崔里一定會很開心。我們可以把你的頭變成有用的東西。」

「我……我會贖回我的腦袋，」洛基說。「我有寶物可以給你們。」

「艾崔里和我已經有了我們所需要的一切寶物，」布洛克說。「我們可是製作寶物的人。洛基，我要的是你的腦袋。」

洛基想了一下，說：「那麼你就拿去。如果你能抓得到我的話。」洛基高高躍入空中逃走，在他們頭頂大老遠的地方，很快就消失不見。

布洛克看著索爾。「你能抓到他嗎？」

索爾聳聳肩。「我實在不該這麼做，」他說。「但話又說回來，我非常想試試看這把鎚子。」

索爾很快就回來了。他緊抓著洛基，洛基無力地發著怒，氣呼呼地瞪著眼。

矮人布洛克拿出刀。「洛基，過來這裡，」他說。「我要砍下你的頭。」

「當然了，」洛基說。「你當然可以砍下我的頭。但是——我要向偉大的奧丁求情——假如你砍斷我脖子的任何一個地方，就違反了我們的協議條款。這項協議答應要給你的是我的頭——只有我的頭而已。」

奧丁歪著頭。「洛基說的對，」他說。「你沒有權力砍他的脖子。」

布洛克惱火不已。「但我不砍他脖子就不能割下他的頭了。」他說。

洛基沾沾自喜。他說：「你瞧，假如人們有好好思考一下自己說出的話是否精準，就不會敢挑戰洛基——我是最有智慧、最聰明、最詭計多端、最有才智、最好看的……」

布洛克對奧丁低聲說了個建議。「算是公平。」奧丁同意。

布洛克拿出一條皮帶和一把刀，他把皮帶繞在洛基的嘴巴上，布洛克用刀尖在皮帶上打洞。

「竟然沒用，」布洛克說。「我的刀砍不了你。」

「我早就聰明地和各種刀類做好協議，得到保護，」洛基謹慎地說。「免得讓你無法砍我脖子的計謀失敗。恐怕現在沒有一把刀子能砍得了我！」

布洛克嘟囔抱怨，拿出一支錐子。這是用在皮件製作時的尖銳工具。他拿著錐子從皮帶戳過去，在洛基的嘴唇上打洞，然後他拿出一條很粗的線，把洛基的嘴唇縫起來。

布洛克離開，留下嘴巴被緊緊縫牢的洛基。他無法抱怨。

對洛基來說，不能說話甚至比嘴唇被人用皮縫在一起還更痛苦。

所以你們現在曉得了，這就是天神如何得到他們最棒的寶物的原因。一切都是洛基的錯，就連索爾的鎚子都是洛基的錯。洛基這位天神就是這樣。在你對他最感激莫名時會憎恨他，而在你最恨他的時候也會對他感激莫名。

築牆高手

索爾前去東方對付山怪。沒有他在，阿斯嘉顯得平靜安詳多了——但同時也完全無人保護。這是比較久遠的時期，就在亞薩神族與華納神族簽訂協定不久後，眾神仍忙著替自己打造住所，阿斯嘉完全沒有自我防禦能力。

「我們不能總是依賴索爾，」奧丁說。「我們需要保護。巨人會來，山怪也會來。」

「你有什麼提議？」天神守護者海姆達爾問道。

奧丁說：「一道牆。高度足以將冰霜巨人擋在外面，厚度就連最強壯的山怪也無法破牆攻入。」

「要打造這樣的一道牆，」洛基說：「要這麼高，又這麼厚，我們得花上好幾年的時間才能完成。」

奧丁點頭同意。他說：「儘管如此，我們還是需要一道牆。」

隔天，一名新訪客來到阿斯嘉。他身材高大，穿著打扮像是一名工匠，有匹馬走在他身後——是匹寬背的灰色公馬。

「聽說你需要蓋一道牆。」陌生人說。

「繼續說。」奧丁說。

「我可以替你蓋一道牆，」陌生人說。「這座高牆連最高的巨人都無法翻越，牆壁厚實到連最壯的巨人都無法攻入。我可以打造一道堅固的牆，將石頭層層疊起，連螞蟻都找不到縫隙可進來。我會替你打造一道能屹立萬年的高牆。」

「蓋這樣一道牆要花上很長的時間才能完成。」洛基說。

「一點也不，」陌生人說。「我可以在三季之內完工。明天是冬季的第一天。我只需要冬天、夏天、再一個冬天就能蓋好。」

「假使你能辦到，」奧丁說：「你想要得到什麼回報？」

「我所提供的服務，只要三樣微薄的報酬就夠，」男人說。「只需三件事。首先，我希望能娶美麗的女神弗蕾雅為妻。」

「這可不是小事，」奧丁說。「況且，要是弗蕾雅對此事有意見，其實我也不會意外。另外兩樣東西是什麼？」

陌生人露出沾沾自喜的笑容。他說：「假如我替你蓋一道牆，我想要娶弗蕾雅，也想要在白天的時候有太陽在天空照耀，晚上有月亮給我們光亮。假如我蓋好你們的牆，天神要給我這三樣東西。」

眾神看著弗蕾雅。她不發一語，但雙唇緊閉，因為憤怒而臉色發白。她的脖子上掛著布麗心項鍊，鍊子輕拂過她肌膚時，如北極光閃耀；她的頭髮以黃金帶子綁起，髮帶幾乎如她的頭髮一般明亮。

「你到外面去等，」奧丁對陌生人說。男人走開來，甚至連在哪裡能替他的馬找到飲水和食物都沒問。馬的名字叫史瓦帝法利，意為「踏上不幸旅程之人」。

奧丁揉擦額頭，然後轉身看著眾神。

「如何？」奧丁問。

眾神議論紛紛。

「安靜！」奧丁大喊。「一次一個人發言！」

每位天神都有自己的意見，而每位天神的意見都一樣：即使陌生人可以在三季之內替他們蓋好他們所需的高牆，但是弗蕾雅、太陽和月亮都太重要了，不能這樣隨便送給陌生人。

而弗蕾雅有別的意見。她覺得這個男人的舉動之放肆，活該被好好痛打一番，扔到阿斯嘉之外，滾得遠遠。

「那麼，」眾神之父奧丁說：「我們一致決定好了。我們拒絕。」

大殿角落傳來一陣乾咳。是那種故意要引起別人注意的咳嗽聲，眾神轉頭去看是誰在咳嗽，發現目光焦點正對洛基，而洛基也注視著他們。他面露微笑，舉起一根手指，彷彿有重要的事要宣布。

「我有必要向各位提出一點，」他說：「你們忽略了一件很重要的事。」

「你這最會惹是生非的天神，我認為我們什麼都沒有忽略。」弗蕾雅嘲諷地說。

他說：「你們全都忽略了這位陌生人提議的到底是什麼，我直接了當地說吧——那根本是不可能的任務。世上沒有人一個人能打造他所說的那種又高又堅固的牆——而且在十八個月之內完成。沒有一個巨人或是天神能辦到，更別說凡人了。我敢用我的命打賭。」

眾神聽到這發言，全都邊點頭邊發出咕噥聲，露出佩服的表情……除了弗蕾雅以外。她看起來非常生氣。「你們全都是傻瓜，」她說。「洛基，尤其是你，因為你自以為聰明絕頂。」

洛基說：「他誇海口說他能完成的，根本是不可能的任務。所以我建議：我們同意他的要求與開價，但我們要替他設下嚴格的條件——他在蓋牆的時候不可以有幫手；他不能用三季來蓋牆，只能有一季的時間。假如這道牆到夏季的第一天都還沒完工——反正也不會完工——到時我們一毛都不必付給他。」

「他為什麼要同意這些條件？」海姆達爾問。

「沒完工對我們又有什麼好處？」弗蕾雅的哥哥弗雷問道。

洛基努力壓抑不耐煩的情緒。難道天神全都是笨蛋嗎？他彷彿在對小孩說話，開始解釋。「工匠會開始蓋牆，可他不會完成的。他會工作六個月，半點酬勞都拿不到，白忙一場。等六個月結束，我們就會趕走他——可能還會因他的傲慢而揍他一頓——然後，我們可以用他做好的基礎，當作我們未來要完成的牆的基礎。我們沒有失去弗蕾雅的風險，更別提太陽或月亮。」

「他為什麼會答應在一季之內把牆蓋好？」戰神提爾問道。

「他也可能不會答應，」洛基說。「但他似乎非常驕傲自大，不是那種會拒絕挑戰的人。」

眾神嘟嘟囔囔，拍拍洛基的背，說他真是一個非常狡猾的傢伙——他這麼狡猾，又站在他們這邊，真是好事。現在有人能免費替他們把城牆基礎打好，天神互相恭賀彼此的聰明才智，還有討價還價的能力。

弗蕾雅不發一語。她玩弄著她的禮物，那是一條名為布麗心的光之項鍊。先前洛基變為海豹，趁著她在洗澡時從她那裡偷走，然後海姆達爾又變身為海豹，跟洛基打鬥，替她拿回這條項鍊。她不信任洛基，也不喜歡這場談話最後做出的結論。

天神把工匠喚回大殿。

他環顧眾神。他們似乎心情都挺好，露齒而笑，彼此用手肘你推我、我推你，面帶笑容。但是弗蕾雅臉上沒有笑容。

「怎麼樣？」工匠問。

「你要求三季的時間，」洛基說。「我們會給你一季的時間，僅此而已。明天是冬季的第一天，假如你在夏季的第一天沒有完成，你就一毛也拿不到，必須兩手空空離開。但假如你能把牆蓋好，照我們所同意：高大又堅不可摧，你就會得到你要求的一切：月亮、太陽和美麗的弗蕾雅；另外，你在蓋牆的時候不能有任何幫手，你必須要靠自己一個人來完成。」

陌生人好一會兒沒說話。他凝視遠方，似乎在盤算洛基的話和條件，然後他看著眾神，肩膀一聳。「你說我不可以有外力幫助，但我希望能用我的馬史瓦帝法利幫我把蓋牆用的石頭拖來這裡。我認為這樣的要求算是合理。」

「的確合理。」奧丁同意，其他天神也點頭，彼此認定用馬來搬運石頭是可以的。

他們接著立下最慎重的誓言。眾神與陌生人一起宣誓，兩造都不能違背彼此。他們以武器發誓，以奧丁的臂環卓洛普尼爾發誓，以奧丁的永恆之槍貢尼爾發誓。以貢尼爾立下的誓言不可打破。

隔天早上，當太陽升起，眾神觀望這人工作。他在雙手吐了口水，開始挖掘要先放入石頭的溝渠。

「他挖得很深。」海姆達爾說。

「他挖得很快。」弗蕾雅的哥哥弗雷說。

「嗯，是，顯然他很會挖溝渠，」洛基不情願地說。「但你們想想，他得從山上搬多少石頭來這裡。挖溝渠是一回事，在沒有幫助的狀況下大老遠將石頭拖來這裡，然後還要疊放石頭，一塊接一塊；要緊緊密合，連螞蟻都爬不過去；要比最高的巨人還高——這樣蓋牆是另一回事。」

弗蕾雅不屑地看著洛基，但她什麼話都沒說。

當太陽西沉，工匠跨上馬背，出發前往高山，去採集他的第一批石頭。馬身後拖著一輛空盪盪的貨橇，拖行過鬆軟的土地。眾神看著他們離開。月亮高掛在早冬的天空，散發蒼白的光芒。

「他會在一週內回來，」洛基說。「我很好奇那匹馬能拖得動多少石頭。牠看起來很健壯。」

然後眾神前往他們的宴會廳，裡面充滿歡樂和笑聲，但弗蕾雅沒有笑。

天亮前開始下雪，一陣輕飄飄的雪花，令人有這個冬天將降下深厚大雪的預感。

海姆達爾能看得到接近阿斯嘉的一切人事物，而且什麼都逃不過他的法眼。他在黑暗中喚醒眾神，他們聚集在陌生人前一天挖好的溝渠旁。在天色漸亮之際，他們看著工匠走在他的馬旁，朝他們過來。

馬穩健地拖運著一堆花崗岩石塊，重得貨橇都在黑色的土地上留下深深的痕跡。

當男人看見眾神，他朝他們揮手，開心地道早安。他指著升起的太陽，對著眾神眨眨眼，然後解開馬所拖運的石頭，讓牠吃草。接著他開始以人力將第一批花崗岩石塊推入他挖好的溝渠裡。

「這匹馬的確很強壯，」最英俊的亞薩族天神巴德爾說。「一般正常的馬拖不動那樣重的石頭。」

「牠比我們想像的還要強壯。」明智的葛瓦西爾說。

「啊，」洛基說。「這匹馬很快就會累了。這只是牠第一天工作，牠不可能每天晚上都拖動許多石頭。冬日將至，積雪將又厚又深，暴風雪會遮蔽視線，前往山上的路將窒礙難行。沒有什麼好擔心的，一切都會按照計畫進行。」

「我恨透你了。」弗蕾雅說。她站在洛基旁邊，一臉嚴肅。她在天亮時走回阿斯嘉，沒有留下來看陌生人建造城牆地基。

每天晚上，工匠和他的馬都拖著空貨橇出發往山上去。他們每天早上返回，馬又拖著二十塊花崗岩石，每一塊都比世上最高的人還更高一些。

牆一天比一天高聳，白天看很高，到了晚上它又比先前更高更雄偉。

奧丁將眾神喚至面前。

「牆蓋得很快，」他說。「而我們用臂環和武器立下不能打破的誓言，發誓他若能在限期內把牆蓋好，就要把太陽和月亮給他，並讓他將美麗的弗蕾雅娶回家。」

明智的葛瓦西爾說：「這位厲害工匠做出的事沒有人能辦得到。我懷疑他可能不只是個凡人。」

「搞不好，」奧丁說。「其實他是巨人。」
「要是索爾在這裡就好了。」巴德爾嘆氣。
「索爾正在東邊打山怪，」奧丁說。「就算他要回來，我們的誓言還是慎重如山，而且有約束力。」

洛基試圖消除他們的疑慮。「我們在這邊杞人憂天，簡直像老太婆。就算那工匠是世界上力量最大的巨人，在夏天的第一天是蓋不好牆的。這是不可能的事。」
「我真希望索爾在這兒，」海姆達爾說。「他會知道該怎麼辦。」

開始下雪了。但深深的積雪沒有使工匠停下腳步，也沒有拖慢他的坐騎史瓦帝法利的速度。灰馬拖著貨橇，上面的石頭堆得老高，穿越雪堆和暴風雪，爬上陡峭的山丘又下山，走過結冰的峽谷。

白日開始變長。

每天早上很早就日出，雪開始融化，露出溼答答的泥巴，又厚又重，是那種會黏在你靴子上、讓你走不動的泥巴。
「馬不可能拖著這些石頭走過泥巴地，」洛基說。「牠們會陷下去，會失足摔跤。」
但是史瓦帝法利步伐穩健，面無表情。就算走過最厚最溼的泥巴，儘管貨橇重得在山坡劃出深深的拖痕，牠一樣將石塊拖回阿斯嘉。工匠現在將石塊抬到幾百呎高的地方，以人力將每一塊石頭放置妥當。

泥巴乾了，春天的花冒出芽：黃色的款冬、白色的五葉銀蓮遍地盛開——圍著阿斯嘉建造的高牆耀眼又雄偉。等這道牆蓋好，必將堅不可摧。巨人、山怪、矮人或人類都無法破壞這道牆。而陌生人繼續帶著好心情工作。不管下雨或下雪，他似乎都不以為意。他的馬也一樣。每天早上，他們都從山上拖石頭過來；每天每天，工匠都將花崗岩塊擺在之前做好的城牆上。

現在到了冬天的最後一天，這道牆快蓋好了。

眾神坐在他們阿斯嘉的王座上，開始說話。

「太陽，」巴德爾說。「我們得把太陽拱手讓人了。」

「我們把月亮掛在天空上是為了標記一年中的日子與星期，」詩歌之神布瑞奇悶悶不樂地說。「以後沒有月亮了。」

「弗蕾雅呢？我們沒有弗蕾雅該怎麼辦？」提爾問。

「假如這位工匠真是巨人，」弗蕾雅說，聲音冰冷：「那麼我就得嫁給他，跟著他回去約頓海姆，到時呢，就看我會比較恨他把我帶走，還是恨你們大家把我給了他，到那時候就有意思了。」

「好了好了，別這樣，」洛基開口，但弗蕾雅打斷他，說：「假如這個巨人真的把我、把太陽和月亮帶走，我只向阿斯嘉眾神要求一件事。」

「妳說吧。」眾神之父奧丁現在才開口。

「我希望在我離開前能看到引起這場災難的始作俑者被處死，」弗蕾雅說。「我認為這樣才公平。假如我得去冰霜巨人之地，假如月亮和太陽從天上被取下，世界陷入永恆的黑暗，那麼，使我們落到這般田地的人，應該要取他性命才對。」
「啊，」洛基說。「歸咎責任是件很不容易的事呢。到底誰會記得誰建議了什麼呢？就我記憶所及，眾神在這個不幸的錯誤上都同樣有責任。我們全都建議——我們全都同意——」
「是你建議的，」弗蕾雅說。「是你說服這些笨蛋。在我離開阿斯嘉之前，一定要看到你死。」
「我們全都——」洛基開口想說話，但他看見大殿裡眾神的表情，於是安靜下來。
奧丁說：「勞菲之子洛基，這是你不當建言的結果。」
「這建議就跟你的其他建議一樣爛。」巴德爾說。洛基怒不可遏地瞪他一眼。
「我們得讓工匠賭輸，」奧丁說。「可又不違背誓言。他一定得失敗才行。」
「我不曉得你要我怎樣。」洛基說。
「我沒有指望你怎樣，」奧丁說。「但假如這個工匠在明天結束之前順利把牆蓋好，那麼你的死將會痛苦漫長、悽慘無比，又備受羞辱。」
洛基看著一位位天神，他在他們臉上看到自己的死亡，看到憤怒和怨恨，唯獨沒看見憐憫或原諒。
的確，他會死得很難看。但又有什麼其他的辦法？他能做什麼？他不敢攻擊工匠。但話又說回來……
洛基點點頭。「交給我。」

他走出大殿，沒有一位天神想阻止他。

工匠把今天的石塊放置在牆上。明天，在夏季的第一天，當太陽下山，他就會砌完這道牆，然後他會帶著他的酬勞離開阿斯嘉。只要再放上二十塊花崗岩石塊就好。他從粗糙的木頭鷹架爬下來，吹口哨呼叫他的馬。

史瓦帝法利一如往常在森林邊緣的長草堆裡吃草，那裡距離城牆大約半哩路，不過，只要牠一聽到主人的口哨聲，總會立刻跑來。

工匠拿起綁在空空如也的貨橇上的繩子，準備套在他的大灰馬上。太陽在天上的位置已經很低了，但還要再過幾個鐘頭才會下山，而蒼白月亮也一樣在那兒，高掛在天上。很快地，太陽和月亮都將歸他所有，強光和弱光，都會是他的——以及美貌遠勝日月的女神弗蕾雅。但是工匠在到手前不能高興得太早，整個冬天，他辛勤工作了這麼久……

他再次吹口哨呼喚馬兒。奇怪了——他從來不用吹兩次。他現在看得到史瓦帝法利，牠在春天草地的野花叢裡，正在甩頭，幾乎要小跑步起來。牠往前一步，再退後一步，彷彿在溫暖的空氣中聞到某種迷人的氣味，但辨別不出是什麼香氣。

「史瓦帝法利！」工匠大喊，公馬豎起耳朵，立刻穿過草地，慢慢朝工匠跑去。

工匠看著馬朝他跑來，感到滿意。馬兒穿越草地，蹄子敲打在地上的聲音變大，而且因高聳灰白的花崗岩牆反彈的回音，變得更大聲了。工匠一度想像有一群馬朝他跑來。

不對，工匠心想，只有一匹馬而已。

他搖搖頭，發現自己搞錯了。不是一匹馬，不是一組馬蹄聲，而是兩匹……

另一匹是栗色的母馬。工匠不必看牠的雙腿之間也立刻知道那是一匹母馬。牠全身上下的每一處都清楚顯示這匹栗色馬是母的。史瓦帝法利跑過草地時改變了方向，然後牠放慢速度，抬起前腿，大聲嘶鳴。

栗色母馬不理會牠。牠停下腳步，彷彿牠不在那裡。母馬低下頭，當史瓦帝法利靠近牠，牠似乎在吃草，但當公馬出現在十二碼左右的地方，牠就從公馬旁跑開，小跑步變成大步奔馳，公馬跑在牠後面，想要趕上牠，卻總是差一步。牠想咬母馬的臀部和尾巴，但總是沒成功。

在一天將結束的淡黃光線下，牠們一起跑過草地，灰馬和棕馬雙雙奔跑，側腹的汗水發亮。簡直就像在跳舞。

工匠大聲拍著手、又大吹口哨，呼喊史瓦帝法利的名字，但公馬就是不理他。

工匠跑出去，想要抓住公馬，要牠恢復理智，但是栗色母馬似乎知道他的企圖，因為牠放慢了速度，用耳朵和鬃毛摩挲公馬的側臉，然後急急跑開，彷彿有群狼在追著牠跑似的，朝森林邊緣跑去。史瓦帝法利跟在牠身後，兩匹馬很快就消失在樹林的陰影裡。

工匠邊咒罵邊吐口水，等他的馬冉次出現。

影子拉得更長，史瓦帝法利沒有回來。

工匠回到他的貨橇旁。他往森林看過去，然後在雙手上吐口水，抓住繩索，開始拖著貨橇穿過草地和春天的花叢，朝山上的採石場走去。

他在天亮前都沒回來。等到工匠回到阿斯嘉，身後拖著貨橇，太陽已經高掛在天空上了。

他的貨橇裡裝了十塊石頭，是他一人所能負擔最大的重量，他邊拖貨橇邊咒罵石頭，但每往前拖一步，就離城牆越近。

美麗的弗蕾雅站在大門邊，看著他。

「你只有十塊石頭，」她對他說。「你需要兩倍再多一點的石頭才能完成我們的牆。」

工匠不發一語。他繼續拖著石塊朝未完工的大門走去，面無表情——沒有微笑、沒有眨眼——再也沒有任何表情了。

「索爾要從東邊回來了，」弗蕾雅告訴他。「他很快就會回到我們身邊。」

阿斯嘉的眾神都出來看工匠把石頭拖向城牆。他們加入弗蕾雅的行列，站在她旁邊護著她。

他們起先靜靜地看著，然後開始微笑，最後咯咯笑，用各種問題對工匠大喊。

「嘿！」巴德爾大喊。「你要完成這道牆才能得到太陽。你以為真能把太陽帶回家嗎？」

「還有月亮，」布瑞奇說。「可惜那匹馬不在你身邊。牠可以幫你把你需要的石頭都搬回來。」

眾神大笑。

工匠放開了貨橇，面對眾神。「你們作弊！」他說。他的臉因為用力和憤怒而漲紅。

「我們沒有作弊，」奧丁說。「我們就跟欺騙我們的你一樣。你以為，要是我們知道你是巨人，還會讓你繼續替我們砌牆嗎？」

工匠一手拿起石塊，用力敲擊另一塊石頭，將花崗岩石塊一分為二。他轉身面對眾神，雙手各拿著半塊石頭。現在，他的身高拉成二十、三十、最後五十呎高；他的面部扭曲，不再像上一季來到阿斯嘉的那個性情溫和又好脾氣的陌生人。他的臉現在看起來像一塊花崗岩，為憤怒和恨意所扭曲、鑿刻。

「我是高山巨人，」他說。「你們這些天神都是騙子，是打破誓言的卑鄙小人。假如我的馬還在，我現在就會做好你們的城牆，帶走美麗的弗蕾雅、太陽和月亮，當作報酬；我會讓你們陷入黑暗與寒冷，甚至沒有美麗事物來鼓舞你們。」

「沒有什麼打破的誓言，」奧丁說。「但現在也沒有任何一個誓言可以保護你不受我們攻擊。」

高山巨人憤怒大吼，往眾神跑去，雙手各拿著一大塊花崗岩，猶如武器。

眾神站在一旁，巨人此時才看到他們後面的人是誰——一位魁梧的天神，蓄著紅鬍，渾身肌肉，雙手戴著鐵手套，拿著一把鎚子，揮了一下。當他將鎚子瞄準巨人後，隨即把手放開。

當鎚子離開索爾的手，清澈的天空出現一道閃電，緊接著是轟然響起的雷聲。

高山巨人看見鎚子越變越大，朝他猛地飛來，然後他就什麼也看不見了。

眾神自己完成砌牆的工作——雖然花了他們更多星期的時間從高山的採石場切割、搬回剩下最後的十塊石頭，一路拖回阿斯嘉，擺放在門口上方。不過石塊的形狀和擺放都不漂亮，沒有工匠弄得那麼服貼工整。

有幾位天神覺得在索爾殺死巨人之前，應該讓巨人多做一點，更接近完工階段；而索爾則說他感謝諸神在他從東邊返家時替他準備好餘興節目。

奇怪的是，洛基不在。他沒來讓大家稱讚他把史瓦帝法利誘開，這實在不像他的作風。沒人知道他在哪裡，雖然有些人提到，在阿斯嘉下方的草地看過一匹駿美的栗色母馬。洛基在一年中最好的時節離開，當他再次出現，身旁多了一匹小灰馬陪伴。

那是一匹美麗的小馬，不過比起一般四條腿的馬，這匹小馬有八條腿，而且不論洛基到哪裡都緊緊跟著他，用鼻子緊挨著他不放，把洛基當作自己的母親一樣。當然了，事實就是如此。

小馬長成一匹高大的灰色駿馬，稱之為斯雷普尼爾，是世上前所未有、速度最快、力量最強的馬。這匹馬能跑得比風還快。

斯雷普尼爾是天神和人類之中最棒的馬，洛基將牠當作禮物送給奧丁。

許多人會讚賞奧丁的馬，但只有真正的勇者敢在洛基面前提到牠的身世，而此事絕無任何人敢多做臆測。假如讓洛基聽到你訴說他將史瓦帝法利從牠主人身邊引開、如何因為自己出的蠢主意不得不拯救眾神，他會想盡辦法讓你生不如死。洛基擅長記恨。

這就是眾神如何得到城牆的故事。

洛基之子

洛基很英俊，這點他很清楚。人們想喜歡他，也想要相信他，但是，他說好聽是不可靠又自私，說難聽則是刻意傷人又邪惡。他娶了一位名叫西晶的女子為妻，當洛基向她求愛並迎娶她時，她既快樂又美麗，可是，如今她卻總一副在等壞消息的模樣。她替他生下一個兒子，取名納菲，很快又生下了第二個兒子，叫瓦利。

洛基偶爾會消失很長一段時間沒有回家，那時，西晶便會露出一副像在等著接獲最悲慘的噩耗的模樣。不過，洛基會回到她身邊。他會賊頭賊腦、滿心罪惡感——但又好像真的很以自己為傲。

他三度離開，三度返回——他還是回來了。

「我做了一個夢，」睿智的獨眼神說道。「你有孩子。」

「我有個兒子叫做納菲，他是個好孩子，不過我得坦承他並非一直好好聽父親的話；我另一個兒子瓦利則順從乖巧，個性拘謹。」

「我說的不是他們。洛基，你還有另外三個孩子。你一直都偷溜去冰霜巨人的地盤，日日夜夜和女巨人安格玻莎廝混。她替你生下三個孩子。我在睡覺時以心靈之眼看見了他們，我看見他們將是眾神未來最大的敵人。」

洛基不發一語，試著露出羞愧的表情，但只成功露出洋洋得意的神色。

奧丁召喚眾神到他的跟前，以提爾和索爾為首，他告訴他們，他們將要遠行前往約頓海姆，去到巨人之地，將洛基的孩子帶回阿斯嘉。

眾神跋涉到巨人之地，對付一路遇到的重重險阻，終於抵達安格玻莎的城堡。她沒料到他們會來，將孩子留在大廳內玩耍。眾神看見洛基與安格玻莎所生下的孩子，不禁大吃一驚，但他們並未因此打消念頭。他們抓住這幾個孩子，綑綁起來，把最大的孩子綁在一根砍下來的松樹幹上，由眾神分別從兩側一起抬走；他們在第二個孩子的嘴巴套上柳樹做成的嘴套，並在牠的脖子上綁了一條繩子當牽繩；而第三個孩子走在他們旁邊；那孩子一臉陰沉，令人不安。

走在第三個孩子右邊的天神看見的是一名美麗的小女孩，而走在她左邊的天神則努力不去看，因為在他們眼中，看到與他們同行的是個死掉的女孩，皮膚與肉體已腐爛到發黑。

從冰霜巨人之地離開，在回程第三天時，索爾問提爾：「你有沒有注意到一些什麼？」他們晚上在一小塊空地紮營，提爾用大大的右手搔弄洛基第二個孩子毛茸茸的脖子。

「什麼？」

「巨人沒有跟在我們後面。甚至連這些傢伙的母親都沒有跟在我們後面。感覺像是他們正希望我們把洛基的孩子帶離約頓海姆。」

「你說的是什麼傻話？」提爾說，但就在他說這句話的同時，儘管火堆溫暖，他還是打了哆嗦。

他們又辛勤跋涉了兩天，回到奧丁的大殿。

「這些就是洛基的孩子。」提爾簡要地說。

洛基的第一個孩子被綁在一根松木上，牠現在的身長已超過這根樹幹。牠名為耶夢加得，是條大蛇。「我們把牠帶回來的這幾天內，牠又長長了很多。」提爾說。

索爾說：「小心點。牠會吐出灼熱的黑色毒液。牠之前就朝我吐過，不過我沒被噴到。就是因為這樣，我們才會把牠的頭綁在樹上。」

「牠只是個孩子，」奧丁說。「而且還在繼續長大。我們要把牠送到無法傷到人的地方。」

奧丁把大蛇帶到一切陸地之外，到圍繞米德嘉的海邊，他在那裡放走了耶夢加得，看著牠蜿蜒滑入海浪之下，蜷曲繞圈再游開。

奧丁的獨眼看著牠逐漸消失在地平線外，心中暗暗懷疑自己做的到底對不對。而他真心不曉得。他依照夢境預示去做，然而，即便是對最有智慧的天神，夢境知曉的遠比透露的要多。

大蛇將會在世界海洋的灰色水域下不斷成長，大到身體繞地球一圈。人們會稱耶夢加得為「米德嘉巨蛇」。

奧丁回到大殿，命令洛基的女兒站出來。

他仔細看著女孩：女孩的右側臉蛋粉嫩白晰，眼睛顏色承襲洛基的翠綠，嘴唇飽滿紅潤；女孩的左臉皮膚坑坑巴巴，又有細紋，因是死屍，所以瘀血而腫脹，盲眼腐爛蒼白，無唇的嘴乾乾癟癟，蓋在深褐色的牙齒上。

「丫頭，他們怎麼叫妳？」眾神之父問道。

她說：「眾神之父，若您不見怪，他們叫我海爾。」

「妳這孩子很有禮貌，」奧丁說。「的確是彬彬有禮。」

海爾沒說話，只用她的一隻綠眼看著他，那眼如碎冰般銳利；另一隻蒼白的眼睛則了無生氣、崩壞死寂。他在她身上看不見恐懼。

「妳是活人？」他問女孩。「還是屍體？」

「我只是我，是海爾，是安格玻莎和洛基的女兒，」她說。「我最喜歡死人。他們很單純，對我說話必恭必敬。活人一看到我就厭惡。」

奧丁仔細考慮該怎麼處置這名女孩，他記起自己的夢境，然後說：「這個孩子將掌管黑暗世界最深處，統治九個世界的亡者。若統領未英勇戰死、因疾病或老年而亡，因意外或早夭而死之人，她會成為他們的女王。打仗時身亡的戰士永遠都會來到英靈殿瓦爾哈拉，但因其他緣由殞命的亡者將成為她的臣民，在黑暗中服侍她。」

自從她被天神從母親身邊帶走，名叫海爾的女孩第一次以一半的嘴巴露出笑容。

奧丁帶著海爾往下，去到沒有光的世界；他領她參觀未來接見臣民的廣大殿堂，看著她替自己的東西命名。「我會將我的碗稱作『飢餓』，」海爾說。她拿起一把刀。「這是『饑荒』。我的床將叫做病床。」

現在，奧丁替洛基與安格玻莎所生的兩個孩子做好安排。一個在海洋，一個在大地底下的黑暗之處。但第三個孩子要怎麼辦？

他們把洛基第三個、也是最小的孩子從巨人之地帶回來時，牠的體型還只是幼犬那麼大，提爾會搔弄牠的脖子和頭，和牠玩在一起，並暫且將牠的柳樹嘴套拿下來。牠是一隻幼狼，有著灰黑色的獸毛，雙眼呈現深黃色。

幼狼吃生肉，但牠像人一樣說話，說的是人類和天神使用的語言。牠對自己很自豪。這隻小野獸名叫芬里爾。

牠也一樣發育迅速。前一天的體型還是一匹狼，隔天就長成穴熊大小，接著就變得像大麋鹿一樣大。

除了提爾之外，所有天神都很怕牠。提爾依舊和牠一起玩耍打鬧，他一個人天天餵狼吃肉，野獸的食量一天比一天大，每天都在成長，變得更凶猛、更健壯。

奧丁心中有著不祥的預感，一日日看著狼孩子長大。因為在他的夢裡，狼就出現在世界末日之際。在他所有關於未來的夢境裡，最後看見的都是芬里爾之狼[7]澄黃色的雙眼與尖銳的白牙。

眾神召開會議，決定將芬里爾綁起來。

他們在天神的冶煉房裡打造沉重的鎖鍊和鐐銬，將做好的東西帶去找芬里爾。

「你看！」天神說，語氣像在提議玩什麼新遊戲。「芬里爾，你長得真快。現在該來測試你的力量了。我們有最堅固的鎖鍊和鐐銬。你認為你可以打斷它們嗎？」

「我想我可以，」芬里爾說。「把我綁起來吧。」

諸神將粗大的鎖鍊繞在芬里爾身上，並用鐐銬銬住牠的腳掌。在他們忙碌的同時，牠一動也不動地等著。天神將巨狼綁起來時彼此相視而笑。

芬里爾掙扎著，伸展四肢筋骨，鎖鍊如枯樹枝般「啪」一聲折斷。

巨狼對著月亮嚎叫，聲音中充滿成功與喜悅。「我打斷了你們的鎖鍊，」牠說。「別忘記這件事。」

「我們不會忘記。」眾神說。

隔天，提爾帶肉去給狼吃。「我弄斷了鐐銬，」芬里爾說。「我輕輕鬆鬆就弄斷了。」

「你的確如此。」提爾說。

「你想他們會再次考驗我嗎？我長大了，而且一天一天變得越來越強壯。」

「他們會再度考驗你。我願意用我的右手打賭。」提爾說。

狼還在長大，諸神待在打鐵間鑄造一組新鎖鍊。對普通人而言，就連鎖鍊的每一環都重得拿不起來。天神以他們所能找到最堅硬的金屬打造這條鎖鍊：那是大地的鐵，混合從天落下的鐵。他們將這條鎖鍊命名為卓洛米。

天神拖著這條鎖鍊去芬里爾睡覺的地方。

狼睜開眼睛。

「又來？」

天神說：「假如你能掙脫這些鎖鍊的桎梏，每一個世界都將知道你的名望和力量，你將獲得榮耀。假如這樣的鎖鍊都綁不住你，那麼，你的力量將遠勝任何一位天神或巨人。」

芬里爾對此點頭同意，牠看著這條名為卓洛米、前所未有最堅固的鎖鍊。「沒有危險就

---

7 在北歐神話裡，這頭狼的名字英文寫法是Fenris或Fenrir（Fenris應該是Fenrisúlfr，而úlfr則是「狼」的意思），作者在本書裡保留兩種說法，他在最後的名詞表也同時並列。但考慮譯文的統一及避免讀者誤會，決定譯文所有出現這匹狼的時候，全部統一以「Fenrir芬里爾」稱之。

沒有榮耀。」狼過了一會兒說：「我相信我能打斷鎖鍊。把我用鍊子捆起來。」

他們用鍊子捆住牠。

巨狼伸展身體掙扎，但鎖鍊仍紋風不動。諸神互視，眼裡露出大事已成的光芒，但巨狼開始不停扭動翻滾、四肢亂踢，伸展每一吋肌肉和肌腱。牠閃爍著雙眼，露出牙齒，嘴邊冒出泡沫。

牠一邊扭動，一邊怒吼。牠用盡全身力氣掙扎。

眾神不自覺往後退，這是正確的選擇，因為鎖鍊開始斷裂，然後猛一瞬間整條斷掉，碎片四散空中。在未來的歲月裡，天神會在山邊或樹幹邊上發現插在裡面的鐐銬碎片。

「呀哈！」芬里爾大喊，像狼又像人一樣勝利嚎叫。

——狼觀察到，那些看牠掙扎的諸神並不樂見牠的勝利。就連提爾也不高興。洛基之子芬里爾不禁思索起這件事，以及其他事。

而巨狼芬里爾一天比一天更感到飢餓。

奧丁沉思、反覆琢磨。密米爾之井的智慧歸他所有，還有奉上自己吊掛在世界樹上得到的許多知識。最後，他喚來弗雷的使者，光之精靈史基尼珥，他描述了一條稱為葛雷普尼爾的鎖鍊。史基尼珥騎馬穿過彩虹橋來到史瓦托海姆，帶著要給矮人的指令——關於如何製作一條前所未有的鎖鍊。

矮人聆聽史基尼珥說明委託內容，全身顫抖地開出價碼。儘管矮人開出的價格不斐，但由於這是奉奧丁指示進行，史基尼珥答應下來。矮人收集了他們需要用來製造葛雷普尼爾的材料。

以下是矮人收集的六樣東西：

第一是貓的腳步。

第二是女人的鬍子。

第三是山根。

第四是熊的肌腱。

第五是魚的氣息。

第六，也是最後一項，鳥的唾液。

這裡所說的每樣東西都是要用來製作葛雷普尼爾的。（什麼？你說你沒看過這些東西？你當然沒看過。這些是矮人專門拿來製作工藝的。）

矮人完工後，交給史基尼珥一個木盒。盒裡擺著一條看起來像長絲帶、摸起來光滑柔軟的東西。簡直像透明的一樣，幾乎沒有重量。

史基尼珥將盒子帶在身邊，回到阿斯嘉。他很晚才到，太陽那時早就下山了。他向眾神展示從矮人作坊裡帶回的東西，眾神看了，嘖嘖稱奇。

眾神一起前去黑湖的岸邊，他們呼喚芬里爾的名字，牠便跑來，就像一隻狗在名字被叫喚的時候一樣。眾神看到牠時，立時讚嘆牠是多麼魁梧、多麼強健有力。

「有什麼事嗎？」狼問道。

「我們得到一條最堅韌的繩子，」他們告訴牠。「就連你都弄不斷。」

狼信心滿滿。「我可以打斷任何鎖鍊。」牠驕傲地對他們說。

奧丁張開掌心，秀出葛雷普尼爾。它在月光之下閃閃發亮。

「那個？」狼說。「根本不算什麼。」

眾神拉扯這條帶子，對牠展示這條帶子有多麼強韌。「我們弄不斷。」他們對牠說。

狼瞇眼細看他們所拿的絲帶。帶子閃耀得像蝸牛走過的痕跡，或映照在波浪上的月光。牠轉過身去，沒有一點興趣。

「不行，」牠說。「拿真正的鎖鍊來給我。真正的鐐銬，要重的、大的，讓我可以展示真正的力氣。」

「這是葛雷普尼爾，」奧丁說。「這比任何鎖鍊或鐐銬都更堅固。芬里爾，你害怕嗎？」

「害怕？我一點都不怕。但是，要是我弄斷這種帶子的話會怎樣？你認為我會變得舉世聞名嗎？人們會聚在一起說：『你知道芬里爾狼有多麼強而有力嗎？牠的力氣無與倫比——牠弄斷了一條絲帶！』對我而言，弄斷葛雷普尼爾沒有榮耀可言。」

「你害怕了。」奧丁說。

巨獸嗅嗅空氣。「我認為這當中有陰險奸計，」狼說。牠的琥珀色眼睛在月光下發亮。「雖然我認為你的葛雷普尼爾可能只不過是條絲帶，但我不會同意你在我身上綁這條帶子。」

「你不同意？那個打斷有史以來最堅固、最粗大的鎖鍊的你？你怕這條帶子？」索爾說。

「我什麼都不怕，」狼咆哮。「在我看來，是你們這些渺小的動物怕我。」

奧丁搔搔他的長鬍子下巴。「芬里爾，你不笨。但我們沒有陰謀詭計。不過我了解你為何遲疑，只有勇敢的戰士才會同意被綁上一條自己弄不斷的帶子。身為眾神之父，我向你保證，假如你弄不斷這帶子——這就像你說的，名符其實只是條絲帶——那麼我們天神就沒有理由怕你。我們會釋放你，讓你走你自己的路。」

狼發出一聲長長的怒吼。「眾神之父，你說謊。你說謊就像人呼吸一樣自然。如果你打算要用我掙不斷的帶子把我綁起來，我就不相信你會放我自由。我認為你要把我留在這裡，我認為，你打算拋棄我、背叛我。我不同意在我身上綁上那條絲帶。」

「勇敢又漂亮的大話你倒是說得好聽，」奧丁說。「巨狼芬里爾，你用這些話來掩飾你有多麼怕被證實是懦夫。你害怕被綁上這條絲帶。現在不必再多做解釋。」

狼吐出舌頭，放聲大笑，露出鋒利的牙齒。每根都像人的手臂一樣長。「不要質疑我的勇氣，至於這當中沒有陰謀，我要向你發出挑戰。假如你們有人願意把手放入我的嘴裡，你們就能把我綁起來。我會輕輕用牙齒含住手，但不會咬下去。假如沒有陰謀，當我掙脫絲帶的束縛，或你們釋放我，我就會張開嘴巴，這個人的手就不會受傷。就這樣。我發誓，假如有人願意把手放在我嘴裡，你們就能用那條絲帶把我綁起來。好了，誰的手要放進來？」

眾神彼此面面相覷。巴德爾看看索爾，海姆達爾看看奧丁，海尼爾看著弗雷，但沒有人動。然後，奧丁的兒子提爾嘆口氣，往前站，舉起右手。

「芬里爾，我會把我的手放進你嘴裡。」提爾說。

芬里爾躺趴在他旁邊，提爾把右手放進芬里爾的嘴裡，就像他以前在芬里爾還像小狗、兩人玩在一起時那樣。芬里爾輕輕用牙齒含住提爾的手腕，沒有傷到他一絲皮膚，他閉上眼。

天神用葛雷普尼爾把牠綁起來，像是一道發亮的蝸牛爬行痕跡繞住巨狼，綁住牠的腿，使牠動彈不得。

「好了，」奧丁說。「現在，巨狼芬里爾，弄斷綁住你的帶子。向我們展示你的力氣有多大。」

巨狼伸展身體，掙扎亂動；牠推著、拉緊每條神經和肌肉，拉扯綁住自己的絲帶。但每掙扎一次，這個任務似乎就變得更加困難。每拉扯一次，那閃閃發亮的絲帶就變得更緊。

眾神起先竊笑，接著咯咯笑出來。最後，當他們確定這頭野獸已經動彈不得，他們沒有危險，便放聲哈哈大笑。

只有提爾沉默不語。他沒有笑。他感到巨狼芬里爾鋒利的牙齒頂著他的手腕，感到牠的舌頭頂著他的掌心，感到手指上的溼潤及溫暖。

芬里爾停止掙扎。牠趴在那裡不動。假如天神要釋放牠，現在早就動手了。

但天神只是笑得越來越大聲。索爾聲如洪鐘地狂笑，每次都比雷聲還更大，其中也夾雜了奧丁的乾笑，還有巴德爾銀鈴般的笑聲……

芬里爾看著提爾，提爾勇敢地看著牠，然後閉上眼睛，點點頭。「咬吧。」他輕聲說。

芬里爾咬下提爾的手腕。

提爾沒有發出聲音，只是用左手握住右手被咬斷的地方，盡可能用力緊握，減緩血滲出的速度。

芬里爾看著眾神拿著葛雷普尼爾的一端，穿過一塊和山一樣巨大的石頭，綁在地底下；接著看著他們拿起另一塊岩石，將石頭敲入比最深的海洋還深的地底。

「奸詐的奧丁！」巨狼大叫。「假如你沒有欺騙我，我會成為眾神的朋友。但你的恐懼背叛了你，眾神之父，我會殺了你，我會等到世界毀滅之際，那時我會吃掉太陽、吞噬月亮。但殺你會讓我享受到最大的樂趣。」

天神小心翼翼不要接近芬里爾的腳掌範圍，但當他們將石頭敲得更深，芬里爾扭過頭朝天神猛咬，最靠近他的天神鎮定又沉著，將劍扔進巨狼芬里爾的上顎，劍柄卡在巨狼的下顎，撐開牠的下巴，防止嘴巴闔上。

他們聽不清巨狼的怒吼，口水從牠嘴裡傾瀉流出，形成一條河。假如你不知道那是一匹狼，可能會以為是一座小山，有條小河從洞穴口流出。

天神離開唾液之河往下流進漆黑湖泊的地方，他們沒有說話，但等到他們到了相當遠的距離，又是一陣大笑。他們相互拍拍背，露出大大的笑容——是那種認為自己的確做了一件很聰明的事才會有的笑。

提爾既沒微笑，也沒大笑。他用一塊布緊緊包住手腕被咬斷的地方，與眾神一起回到阿斯嘉，沒有把內心的想法告訴別人。

以上就是洛基的孩子。

弗蕾雅的不尋常婚禮

在亞薩神族中，雷神索爾最為力大無窮、孔武有力、英勇果敢，打仗時也最驍勇善戰。他還沒完全醒來，但感覺有些不大對勁。他伸手要去拿他的鎚子，他睡覺時總是把鎚子放在手可以搆得到的地方。

他閉著眼睛摸索半天，伸手要去抓那舒服又熟悉的鎚子握柄。

沒有鎚子。

索爾睜開眼睛。他坐直身體。他站起來。他在房間裡走來走去。

到處都沒有鎚子的蹤影。他的鎚子不見了。

索爾的鎚子命名為妙爾尼爾，是矮人布洛克和艾崔里替索爾打造的。這是諸神的寶物之一。無論什麼東西，只要索爾拿著鎚子一敲，必是毀壞無疑。假如他拿鎚子來擲射，將永遠百發百中，而且永遠都會飛回到他手上；他可以將鎚子縮小，藏在衣服裡；他也可以再讓鎚子變大。這是一把在各方面都十分完美的鎚子，只有一處除外：握柄的部分有點太短，這表示索爾只能單手揮鎚。

這把鎚子保護阿斯嘉諸神，任何威脅到他們及世界的種種危險，都無法傷害他們。冰霜巨人、食人怪、山怪和各種怪物都懼怕索爾的鎚子。

索爾很愛他的鎚子。可他的鎚子就是不在房間裡。

事情不對勁時，索爾會採取一些行動。首先，他自問，目前發生的事有沒有可能是洛基的錯。索爾思考著。他不相信連洛基都敢偷他的鎚子。所以，接下來他採取事情不對勁時會做的第二種行動：他去尋求洛基的建議。

洛基詭計多端。洛基會告訴他該怎麼辦。

「你不可以告訴別人，」索爾對洛基說：「天神的鎚子被偷了。」

「這這，」洛基扮了個鬼臉說：「可不是好消息。我來打聽看看能找出什麼線索。」

洛基去到弗蕾雅的居所。弗蕾雅是諸神之中最美的，她的金髮垂落在肩上，在晨光裡閃閃發亮。弗蕾雅的兩隻貓在室內徘徊，渴望拉動她的戰車。她的脖子上戴著一條和她的秀髮一樣金光閃閃的項鍊。這條名為布麗心的項鍊是地底深處的矮人替弗蕾雅打造的。

「我想跟妳借羽毛斗篷，」洛基說。「就是那件可以讓妳飛起來的斗篷。」

「絕對不行，」弗蕾雅說。「這件斗篷是我最珍貴的東西，比黃金還更價值連城。我不會讓你穿著這件斗篷到處胡鬧。」

「索爾的鎚子被偷了，」洛基說。「我得去找出來。」

「我去拿斗篷給你。」弗蕾雅說。

洛基披上羽毛斗篷，幻化成隼的模樣，往天空中飛去。他飛到阿斯嘉以外的地方，飛入巨人之地，尋找異常跡象。

洛基看見下面有一大塊土墳，上面坐著他見過最巨大、最醜陋的食人怪，正在編織一條狗項圈。當食人怪看見幻化成隼的洛基，他咧嘴笑開，露出鋒利的牙齒，朝他揮手。

「洛基，亞薩神族有什麼消息嗎？精靈那裡有沒有什麼新聞？你怎麼自己跑來巨人之地？」

洛基降落在食人怪旁邊。「阿斯嘉什麼都沒有，只有壞消息，精靈也是。」

「真的嗎？」食人怪說，自顧自咯咯笑了起來，彷彿對自己所做的事滿意得不得了，而且覺得自己很聰明。洛基對這種笑法很熟。他自己偶爾也會這樣。

「索爾的鎚子不見了，」洛基說。「你不會有什麼訊息吧？」

食人怪抓抓自己的腋下，又笑了笑。「可能吧，」他承認道，然後又說：「弗蕾雅好不好呀？她本人就像大家說得一樣漂亮嗎？」

「如果你喜歡那種類型的。」洛基說。

「喔，我是喜歡，」食人怪說。「我喜歡。」

接著是一陣尷尬的沉默。食人怪把項圈放在一堆狗項圈上，開始編另外一條。

「索爾的鎚子在我這裡，」食人怪告訴洛基。「我把它藏在地底深處，沒人能找得到，就連奧丁都找不到。唯一能讓鎚子重見天日的就只有我。假如你把我想要的東西帶來給我，我就會把鎚子還給索爾。」

「我可以付錢贖回鎚子，」洛基說。「我可以送你黃金和琥珀，我能送你數不盡的稀世珍寶——」

「我都不要，」食人怪說。「我想娶弗蕾雅當老婆。從現在開始算起，八天內，把她帶來這裡。我會在弗蕾雅的新婚之夜把鎚子當作新娘禮物還給眾神。」

「你是什麼人？」洛基問。

食人怪咧嘴笑，露出歪七扭八的牙齒。「怎麼啦？勞菲之子洛基，我是食人怪的首領索列姆。」

「偉大的索列姆，我相信這協議一定能成。」洛基說。他披上弗蕾雅的羽毛斗篷，伸展雙臂，朝天空飛去。

世界似乎在洛基身下越變越渺小。他看著下方的樹木和高山，全都小小的，像孩子的玩具，眾神的問題似乎也成了小事一樁。

索爾在眾神宮廷等他。洛基在降落之前，發現自己被索爾的大手給一把抓住。「怎麼樣？你知道了些什麼？我從你的臉上就可以看得出來。把你知道的事全都告訴我，現在就說──洛基，我不信任你，在你有機會密謀些什麼之前，我要知道你發現了什麼。」

密謀對洛基來說就像一般人呼吸一樣簡單，他對索爾的怒氣微笑以待，露出一臉無辜。

「食人怪首領索列姆偷走你的鎚子，」他說。「我說服他把鎚子還給你，但他開出價碼。」

「合理，」索爾說。「他要什麼？」

「弗蕾雅的手。」

「他只要她的手？」索爾滿懷希望地說。畢竟她有兩隻手，或許不用多費唇舌就能說服她放棄一隻。提爾不就放棄過一隻手嗎？

「是要牽，而且是牽一輩子，」洛基說。「他想娶她當老婆。」

「噢，」索爾說。「她不會喜歡的。你可以去把這個消息告訴她。只有在我沒鎚子的時候，你才比我更懂得說服別人。」

他們再次一起前往弗蕾雅的居所。

「我把羽毛斗篷拿來還妳。」洛基說。

「謝謝，」弗蕾雅說。「找出是誰偷走索爾的鎚子了嗎？」

「食人怪首領索列姆。」

「我聽說過他。令人討厭又作嘔的傢伙。他拿鎚子要幹麼？」

「妳，」洛基說。「他想娶妳。」

弗蕾雅點點頭。

她似乎如此輕易就接受了，索爾相當滿意。「弗蕾雅，戴上新娘花冠，把東西打包好，」他說。「妳跟洛基要去巨人之地，我們得在索列姆改變主意之前把妳嫁給他。我想要拿回我的鎚子。」

弗蕾雅不發一語。

——索爾發現地面在晃動，牆壁也是。弗蕾雅的兩隻貓喵喵叫個不停，發出生氣的低沉聲音，逃到放毛皮的箱子底下不肯出來。

弗蕾雅雙拳緊握，戴在脖子上的布麗心項鍊滑落到地板。她似乎沒注意到。她狠狠瞪著索爾和洛基，彷彿他們是她見過最低級、最惹人厭的害蟲。

當弗蕾雅開口，索爾才終於鬆了口氣。

「你以為我是什麼人？」她靜靜地問。「你以為我那麼笨嗎？能呼之即來、揮之即去？你以為我真的會嫁給食人怪、好替你解套？假如你們兩個認為我會去巨人之地、認為我會戴上新娘頭冠和面紗、迎合食人怪，任由他撫摸……滿足他的淫欲……認為我會嫁給他……那麼……」她停止說話。牆壁再次搖晃起來，索爾覺得整間房子都會坍塌在他們身上。

「滾出去，」弗蕾雅說。「你們以為我是什麼女人？」

「可是，我的鎚子。」索爾說。

「索爾，閉嘴。」洛基說。

索爾閉嘴。他們離開。

「她生氣的時候很美，」索爾說。「我大概可以了解為什麼那個食人怪想要娶她。」

「索爾，閉嘴。」洛基又說了一遍。

他們在殿堂裡將眾神召集起來。每位天神都出席了，只有弗蕾雅拒絕離開她的居所。

他們討論、爭辯，吵了一整天。他們得拿回妙爾尼爾，這點毋庸置疑，但要怎麼拿回來？每位天神都提出建議，而每一項提議都遭到洛基反駁。

最後，只有一位天神沒說話。那就是目光遠大、看顧世界的海姆達爾。海姆達爾看見世上發生的每一件事，偶爾還看見世界上尚未發生之事。

「怎麼樣？」洛基說。「海姆達爾，你呢？你有沒有建議？」

「我有，」海姆達爾說。「但你們不會喜歡的。」

索爾重重一拳打在桌上。「不管我們喜不喜歡都沒關係，」他說。「我們是天神！為了拿回諸神之鎚妙爾尼爾，沒有什麼事是聚集在此的人不肯去做的。把你的想法告訴我們，假如這個想法不錯，我們定會喜歡。」

「你們不會喜歡的。」海姆達爾說。

「我們會喜歡的。」索爾說。

「嗯，」海姆達爾說：「我認為，我們應該把索爾打扮成新娘的樣子。要他戴上布麗心項鍊，戴上新娘頭冠，在他的禮服裡塞點東西，好讓他看起來像個女人；替他戴上面紗，罩住他的臉，像女人一樣戴上會叮叮噹噹響的鑰匙，用珠寶首飾替他妝點……」

「我不喜歡這主意！」索爾說。「別人會覺得……首先，他們會認為我穿著女人的衣服打扮自己。絕對不可能。我不喜歡這主意，我絕對不會戴上新娘面紗。我們都不喜歡這個主意對不對？這主意爛透了。我有鬍子，我不能把鬍子剃掉。」

「索爾，閉嘴，」勞菲之子洛基說。「這主意好極了。假如你不想要巨人入侵阿斯嘉，你就戴上新娘面紗——那能掩蓋你的臉——和你的鬍子。」

至高無上的奧丁說：「這的確是個很好的主意。海姆達爾，做得好。我們得拿回鎚子，這是最好的方法。各位女神，請幫索爾準備他的新婚之夜。」

女神們帶東西來替他穿戴：芙瑞嘉、芙拉、希芙、依登和其他女神，就連弗蕾雅的繼母絲卡蒂也都來幫忙他準備。她們替他穿上最好的衣服，那是出身高貴的女神會在婚禮穿的衣裳。芙瑞嘉去見弗蕾雅，拿著布麗心項鍊回來，掛在索爾的脖子上。

索爾之妻希芙將她的鑰匙掛在索爾的腰際。

依登拿來她所有的珠寶，統統掛在索爾身上，使他在燭光底下閃閃發亮；她帶來一百枚純金和白金的戒指，全都戴在索爾的手指上。

她們用面紗遮住他的臉，只看得到他的眼睛，而婚姻女神娃爾將閃亮的頭飾戴在索爾的頭上。新娘頭冠又高又寬，非常漂亮。

「我不確定要不要掛上鑰匙，」娃爾說。「看起來沒有很女性化。」

「我真心希望妳不要。」索爾喃喃地說。

娃爾看著索爾。「假如我把頭飾拉下來一點，就能全部遮住，不過他還是可以看得見。」

「妳盡力而為，」洛基說。然後他又說了：「我會當你的女僕，跟你一起去到巨人之地。」洛基變身，幻化為一名年輕又美麗的侍女。「好了。我看起來怎麼樣？」

索爾嘀嘀咕咕，不過沒人聽見他說的話。這或許是好事。

洛基和索爾爬上索爾的戰車，咆哮和磨牙這兩頭駕車的山羊躍入空中，亟欲立刻出發。當他們穿越高山，高山一分為二，底下的大地起火燃燒。

「我有不妙的預感。」索爾說。

「別說話，」幻化成女孩的洛基說。「說話這事全讓我來。你記住。假如你開口，一切就會毀在你手上了。」

索爾嘟噥抱怨。

他們降落在庭院裡。有如巨人大小、皮毛黑得發亮的公牛無動於衷地站著。每頭牛都比房子還大，牛角尖都鑲上黃金；庭院因為牛糞的刺鼻氣味而臭氣熏天。

一個宏亮的聲音從大殿裡傳來。「你們這些傻瓜，動一動啊！把乾淨的稻草鋪在長椅上！你們以為自己在幹麼？唉，撿起來，要不然就用稻草蓋住，別這樣隨便放在那裡發爛。要來我們這裡的人可是弗蕾雅，世上最美的女人、尼約德的女兒。她可不會想看到這種場面。」

有條小路通過庭院，是以剛摘下來的稻草鋪成的。下了戰車之後，扮裝的索爾和其實是洛基的侍女走過稻草鋪好的路，拎起裙子，這樣裙子才不會在泥巴裡拖行。

一名女巨人在等候他們。她自我介紹，說是索列姆的姊姊。她伸出手用指尖捏了捏洛基漂亮的臉蛋，拿一根銳利的指甲戳了戳索爾。「這位就是全世界最美的女人？在我看來一點都不美。她拎起裙襬的時候，我覺得她的腳踝看起來就跟小樹的樹幹一樣粗。」

「那是光線製造的錯覺。她是最美麗的天神，」洛基侍女圓滑地說。「等她拿下頭紗，我保證她的美貌會令妳驚為天人。好了，新郎在哪裡？婚宴在哪裡？她對婚事無比期待，我都要拉不住她了。」

太陽西下，他們被帶往大殿參加婚宴。

「如果他想要我坐在他旁邊怎麼辦？」索爾小聲問洛基。

「那你就得坐在他旁邊。新娘就是要坐在那裡。」

「但他可能會想要把手放在我腿上。」索爾焦急地小聲對洛基說。

「我會坐在你們兩人中間，」洛基說。「我會跟他說這是我們的習俗。」

索列姆坐在主位，洛基坐在他旁邊，而索爾接著坐在下一個位置。

索列姆拍了拍手，巨人僕從走進來，他們扛來五隻烤全牛，大得足以餵飽巨人；又拿來二十條烤過的鮭魚，每條魚的大小是一個十歲男孩那麼大；他們端來幾十盤食物，是要給女人吃的精緻小點心。

後面又接著進來五名男僕，每人都扛著一整桶蜂蜜酒，桶子又大又重，在底下扛的每一個巨人都有些吃不消。

「這頓是為了美麗的弗蕾雅！」索列姆說，他可能還想說些什麼，但是索爾已經開始大吃大喝。如果索列姆在未婚妻吃東西的時候說話，那可是粗魯的行為。

要給女人吃的點心盤放在洛基與索爾面前。洛基小心翼翼挑出最小的一塊點心，索爾則是小心翼翼地把剩下的點心統統掃光。小點心就在咀嚼聲中、在頭紗之下消失了。其他眼巴巴望著點心的女人生氣地瞪著美麗的弗蕾雅看，大感失望。

但是，美麗的弗蕾雅還沒有開始吃呢。

索爾一個人吃下一整條牛。他吃完七條鮭魚，乾乾淨淨，只剩骨頭。每次點心盤放在他面前，他就吞下所有小點心，讓其他女人都饑腸轆轆。洛基偶爾會在桌子底下踢索爾一腳，但他每次都不予理會，繼續吃個不停。

索列姆拍拍洛基的肩。「抱歉，」他說。「但可愛的弗蕾雅剛喝完她第三桶蜂蜜酒。」

「我想沒錯。」洛基侍女說。

「了不起。我從來沒看過這麼狼吞虎嚥的女人，從沒看過一個吃這麼多、喝這麼多蜂蜜酒的女人。」

洛基說：「這我可以解釋。」他深呼吸一口氣，看著索爾又吞下一整條鮭魚，並且從面紗底下拿出一整副魚骨。就像在看魔術表演一樣。他忖度到底能有什麼好解釋。

「她這樣就吃掉八條鮭魚了。」索列姆說。

「八天八夜！」洛基突然說。「她已經八天八夜沒吃東西，而且她急切地想來巨人之地，和新婚丈夫燕好。現在她來到你的面前，她終於又開始吃東西了。」侍女轉頭面向索爾。「親愛的，看到妳又開始吃東西真好！」她說。

被面紗蓋住的索爾惡狠狠地看著洛基。

「我應該吻她。」索列姆說。

「我不建議。時候未到，」洛基說，但索列姆已經靠過去，開始發出吱吱吱的親吻聲。他的一隻大手伸向索爾的頭紗。洛基侍女伸手阻止他，但為時已晚。索列姆不再發出親嘴聲，整個人往後彈開，渾身發抖。

索列姆拍拍洛基侍女的肩膀。「我可以跟妳說句話嗎？」他說。

「當然可以。」

他們站起來，走過大殿。

「為什麼弗蕾雅的雙眼這麼……恐怖？」索列姆問。「彷彿著火似的，熊熊燃燒。美女的眼睛不是這樣！」

「當然不是，」洛基侍女圓滑地說。「你知道美女的眼睛不會是那樣的，偉大的索列姆，她已經八天八夜沒有睡覺，她愛你愛得發狂，不敢睡覺，只是狂熱地想要品嘗你的愛——她的內心為你燃燒！那就是你在她眼裡所看到的。是熾烈的熱情。」

「喔，」索列姆說：「我懂了。」他面露微笑，用比人類枕頭還大的舌頭舔舔脣。「那好吧。」

他們回到桌邊。索列姆的姊姊已經在洛基的位子坐下，就在索爾旁邊，她指甲在索爾的手上點了點。「假如妳知道做什麼事對妳有好處，現在就會把妳的戒指給我。妳在這座城堡裡是個生人，離家這麼遠，需要有人好好照顧妳，否則以後妳就有得受了。妳有好多戒指，給我幾枚當新娘禮物吧。戒指好漂亮，全都是純金，又是——」

「不是到了舉行婚禮的時刻嗎？」洛基問。

「是時候了！」索列姆說。他高聲喊道：「把鎚子拿來，替新娘聖化[8]祝福！我想要看到妙爾尼爾擺在美麗的弗蕾雅的大腿上。就讓娃爾這位掌管男女誓言的女神，祝福並聖化我們的愛吧！」

索爾的鎚子需要四個巨人才抬得動。他們從大殿深處將鎚子抬進來，鎚子在火光的照射之下顯得黯淡無光。他們費了一番工夫，才將鎚子放在索爾的大腿上。

「現在，」索列姆說。「吾愛、我的小鴿子，我的甜心，現在讓我聽聽妳美妙的聲音吧。告訴我妳愛我。告訴我妳會當我的妻子。開天闢地以來，女人對男人立下誓言，男人對女人立下誓言，現在對我立誓吧！妳說如何？」

索爾以戴滿金戒指的手握住鎚子握柄。他放心地用力握緊，鎚子在他手裡的感覺既熟悉又舒服。他開始大笑，聲如洪鐘。

「我說呢，」索爾以打雷般的聲音說：「你不該拿走我的鎚子。」

8 Sanctify。將某物變得神聖，達到神聖的境界。

他只用鎚子敲了索列姆一下，但一下就夠了。食人怪倒在稻草鋪的地板上，再也沒有爬起來。

所有的巨人和食人怪紛紛倒在索爾的鎚子底下。婚禮賓客參加了一場不該舉行的婚禮，就連索列姆的姐姐都收到她意料之外的新娘禮物。

當大殿寂靜一片，索爾喊道：「洛基？」

洛基從桌子底下爬出來，以原本的身形現身，環視這場屠殺。他說：「嗯，看起來你已經解決了問題。」

索爾早已脫下身上的女人裙子，大大鬆了口氣。他站在那裡，只穿了一件衣服，站在滿滿都是巨人屍體的房間裡。

「好啦，沒有我想得那麼糟嘛，」他高興地說。「我拿回我的鎚子，吃了一頓很棒的晚餐。我們回家吧。」

詩人之酒

你們有沒有想過詩歌的起源？我們所吟唱的歌曲、我們所述說的故事，是從哪裡得來的？你們有沒有自問，為什麼有人能夢到偉大、聰明又美麗的夢，並以詩歌的方式將這些美夢傳遞給全世界，去吟唱、去重述，只要太陽升起或落下、只要月亮有陰晴和圓缺？你們有沒有想過，為何有人能寫出美妙的歌曲、詩詞和故事，但有些人就是做不到？

這個故事很長，而且不會說任何人好話。其中包含謀殺，還有詭計、謊言、愚昧、誘惑和追求等元素。仔細聽好了。

故事開始在創世之初，在天神之戰時發生：亞薩神族與華納神族大戰。亞薩神族是戰爭與征服的好戰天神；華納神族較為溫和，認為彼此都是兄弟姊妹，他們使土壤肥沃、植物生長，但並不因此就比較沒有力量。

華納神族和亞薩神族彼此勢均力敵，沒有一方贏得戰爭。不僅如此，當他們彼此對抗，便發現彼此都需要對方：勇敢奮戰的戰場上沒有喜悅，除非你在接下來的慶功宴時有好的田地和農田來餵飽你。

他們一起決議和平。他們協議停戰的方式是這樣的：亞薩神族與華納神族的每個人都在桶子裡吐口水，當他們的唾液混在一起，協議也有了約束力。

他們接著舉辦宴席。吃了食物，喝了蜂蜜酒，喧譁暢飲、說笑聊天、吹噓大笑。慢慢地，火焰變成剩些火光的煤炭，太陽從地平線爬上。然後，當亞薩神族和華納神族睡醒了，打算離開，便把自己用毛皮和布緊緊包住，走到外頭鬆軟的雪地和晨霧中。奧丁說：「把我們混在一起的唾液就這樣留在這裡放著不管，挺可惜的。」

在停戰條件下，從今往後要與亞薩神族一同住在阿斯嘉的華納族天神，皆由弗雷和弗蕾雅兩兄妹率領。他們點點頭表示：「我們可以用這來做個東西，」弗雷說。「我們應該做個男人。」弗雷雅說，她將手伸進桶裡。

隨著她的指尖移動，泡沫變化、逐漸成形，一個全身赤裸的男子立刻出現在他們面前。

「你是葛瓦西爾，」奧丁說。「你知道我是誰嗎？」

「你是至高無上的奧丁，」葛瓦西爾說。「你是戈林姆尼爾和第三。你還有其他名字，名號之多，無法在此一一列舉，但我知道你所有名字，我知道和這些名字有關的詩、聖歌和隱喻語。」

結合亞薩族和華納族兩大神族的葛瓦西爾是最有智慧的天神：他結合了腦和心。眾神爭先恐後問他問題，而他總是以睿智的答案回覆他們。他觀察敏銳，能將所見的一切做出正確闡釋。

不久，葛瓦西爾去拜訪眾神，說道：「我現在要去旅行。我要去看看九個世界，看看米德嘉，還有許多我尚未被問到的問題需要解答。」

「但你會回到我們身邊吧？」他們問。

「我會回來，」葛瓦西爾說。「畢竟，還有網了的祕密在未來某日需要解開。」

「你說什麼？」索爾問。但葛瓦西爾只是面露微笑，留下天神去苦思他所說的話。他披上旅行用的斗篷，離開了阿斯嘉，走過彩虹橋。

葛瓦西爾走過一座又一座城鎮，一村又一村。他遇到各式各樣的人，他對每個人都親切以待，並回答他們的問題。只要葛瓦西爾停留過，那地方就變得更好。

當時，有兩個黑暗精靈住在海邊的堡壘，在那裡施行魔法和鍊金術。他們一如所有矮人，會做東西，在自己的作坊和冶煉室打造各種精妙絕倫的珍奇逸品。然而，還有太多他們尚未做出的東西，而他們深深沉迷其中。這兩人是兄弟，名叫非呀拉和嘎拉。

當他們聽說葛瓦西爾正在探訪附近的城市，便出發去見他。非呀拉和嘎拉在一座大房子裡找到葛瓦西爾，他正在替城裡的人解答問題，所有聆聽他回答的人都驚奇不已。他告訴人們要如何淨水，以及如何用蕁麻製成布；他告訴一名女子到底是誰偷了她的刀，以及那個人偷竊的原因。當他說完，城裡的人請他吃飽飯，矮人趨前。

「我們要問你一個從來沒人問過的問題，」他們說。「但這個問題必須要私底下問才行。可以和我們一起走嗎？」

「可以的。」葛瓦西爾說。

他們一起來到堡壘。海鷗發出刺耳尖叫，徘徊不散的烏雲和灰白的海浪有著相同色調。矮人帶著葛瓦西爾去到他們的作坊，那地方深藏在他們的城堡之內。

「那些是什麼？」葛瓦西爾問。

「是桶子。名叫桑與包森。」

「我懂了。那邊那個呢？」

「你不知道這些是什麼，那你怎麼算有智慧？這是水壺。我們叫它歐塞里爾——乃是賜與狂喜之物。」

「我看到這裡有你們收集的一桶桶蜂蜜。都是蜜蜂尚未封蠟的，而且還是液狀。」

「的確。」非呀拉說。

嘎拉一臉不屑。「假如你像別人說的一樣有智慧，你就會在我們開口問你之前，先知道我們要問你的問題，你便會曉得這些東西要做什麼用。」

葛瓦西爾順從地點點頭。他說：「在我看來，你們兩人若真是聰明又邪惡，或許已經決定要殺了你們的客人，讓他的血流進桑與包森；然後你們會用小火在名為歐塞里爾的水壺裡加熱他的血。之後，你們會把未經封蠟的蜂蜜與之混合，靜待發酵，擺到變成蜂蜜酒——這是最上等的蜂蜜酒。這種飲料可以使人深深沉醉，同時也使所有喝下的人獲得詩歌和學問之禮。」

「我們很聰明，」嘎拉承認。「或許有人認為我們邪惡。」

他話說完，便切斷葛瓦西爾的喉嚨，將他頭下腳上倒掛在桶子上，直到他身上最後的一滴血流乾。他們在稱之為歐塞里爾的水壺裡加熱鮮血、蜂蜜與其他異想天開加入的原料；他們在裡面放入莓果，用棍子攪拌。液體咕嚕咕嚕冒泡，等到不再冒泡，他們兩人啜飲一口，哈哈大笑。兩兄弟發現自己體內有著從未說出的詩歌。

眾神隔天早上前來。「葛瓦西爾，」他們說。「他最後被人看到是跟你們在一起。」

「對，」矮人說。「他和我們一起回來，但當他發現我們只不過是矮人，愚蠢又沒智慧，便被自己的知識給噎死了。要是我們能問他些問題就好了。」

「你們說他死了？」

「對，」非呀拉和嘎拉說，並將葛瓦西爾無血的屍體交給眾神，由他們帶回阿斯嘉，進行天神的葬禮——或準備屬於天神的最終回歸（因為天神不同於一般人，死亡對他們來說並非永久不變）。

因此，矮人有了智慧與詩歌的蜂蜜酒，任何人想嘗一口，都得向矮人懇求。但嘎拉和非呀拉只把蜂蜜酒給他們喜歡的人，而他們誰都不喜歡，只喜歡自己。

不過，他們還是得對某些人盡義務。比方說巨人基令和他的妻子。矮人邀請夫妻倆前來參觀他們的堡壘，兩人在某個冬日來訪。

「我們一起去划船吧。」矮人告訴基令。

由於巨人的重量，把船壓得離水面很近，矮人將船划到底下就是岩石的水面上。他們的船以前都靜靜漂浮在岩石之上，但這次不是。船撞上岩石，翻覆過去，將巨人拋入海裡。

「往船這邊游回來。」兩兄弟對基令喊道。

「我不會游泳。」他說，而這是他的遺言，因為一陣海浪在他張開的嘴裡塞滿鹹水，他的頭撞到石頭，馬上就看不見人影了。

非呀拉和嘎拉將船扶正，回家。

基令的妻子在等他們回來。

「我先生人呢？」她問。

「他？」嘎拉說。「喔，他死了。」

「淹死的。」非呀拉幫忙補充。

巨人的妻子一聽到就嚎啕大哭、嗚咽啜泣，彷彿每次哭喊都像靈魂遭到撕扯。她呼喚死去的丈夫，發誓會永遠愛他。她不斷哭泣、哀嚎又流淚。

「噓！」嘎拉說。「妳大哭大叫弄痛我的耳朵了。太大聲了。我想那大概是因為妳是巨人吧。」

但巨人之妻只是哭得更大聲。

「來，」非呀拉說。「如果我們帶妳去看妳先生喪命的地方，會不會有點幫助？」

她擤鼻子，點點頭，又哭又叫，渴望她那永遠不會回來的丈夫。

「妳就站在那裡，我們會指給妳看。」非呀拉說，要她站在該站的確切位置，告訴她應該走過大門，站在堡壘的牆下。他朝自己的兄弟點點頭，嘎拉便匆匆跑上通往上方的階梯。

當基令的妻子走過大門，嘎拉拿了一塊大石頭，往下對準砸在她頭上，她倒下去，有一半頭骨都碎了。

「做得好，」非呀拉說。「我真是受夠那些吵死人的噪音了。」

他們將女人失去生命的屍體從岩石上推落，掉入海裡。灰白海浪的手指將她的屍體拖入海中，基令與妻子死後重新團聚。

兩個矮人聳聳肩，認為住在海邊堡壘裡的自己真是聰明得不得了。

他們每天晚上啜飲詩歌之酒，彼此朗誦精湛優美的詩歌給對方聽，為基令夫妻之死做了一首偉大的史詩；他們站在堡壘屋頂吟誦，最後，每天晚上都睡得像死掉一樣，隔天醒來不是在前一晚坐著的地方，就是在摔倒的地方。

某天他們一如往常一樣醒來，但醒來的地方卻不是在自己的堡壘。他們在自己的船上醒來。一個他們不認識的巨人將船駛入海浪中。天空陰暗，有暴風雨雲，海上漆黑一片。海浪又高又猛，鹹鹹的海水潑打在船側，淋得他們全身溼透。

「你是誰？」矮人問。

「我是瑟頓，」巨人說。「我聽說你們向風、海浪和全世界吹噓自己殺了我的父母。」

「啊，」嘎拉說。「就是因為這樣你才把我們綁起來？」

「就是這樣。」瑟頓說。

「搞不好你是要帶我們去碧麗輝煌的地方，在那裡放開我們，我們會大吃大喝、盡情歡笑，成為最要好的朋友呢。」非呀拉滿懷希望地說。

「我不認為會變成這樣。」瑟頓說。

現在是退潮，水面上有岩石突出。這裡就是那個地方——就是漲潮時，矮人的船翻覆、基令淹死之處。瑟頓從船底抓起矮人，一個一個放在石頭上。

「漲潮時水會蓋住這些岩石，」非呀拉說。「我們的手被綁在後面，我們不會游泳。如果你把我們留在這裡，我們絕對會淹死。」

「這就是我的目的，」瑟頓說。他第一次面露微笑。「你們淹死的時候，我會坐在這艘船上——就是你們的船；我會看著海洋把你們兩人帶走，然後我會返回在約頓海姆的家，我會告訴我兄弟鮑奇、我的女兒貢拉絲，你們兩個是怎麼死的。我會好好替我父母報仇，我會讓我們一家心滿意足。」

海水開始上漲。先是淹到了矮人的腳，然後是肚臍。很快地，矮人的鬍子漂浮在海水泡沫上，眼裡充滿驚慌。

「可憐可憐我們！」他們大喊。

「就像你們對我的父母一樣嗎？」

「我們會為他們的死補償你！我們會彌補你！我們會付錢給你。」

「我不相信你們矮人有任何東西能彌補我父母之死。我是個富有的巨人。我位在山中的城堡有很多僕人，我擁有夢想中的無數財富；我有金子、珍貴的寶石，以及足以打造一千把劍的鐵；我是強大的魔法師，你們還能給我什麼我沒有的東西？」瑟頓問。

矮人什麼話都沒說。

海浪繼續升高。

「我們有蜂蜜酒，是詩歌之酒。」當海水掠過嘴，嘎拉急忙說。

「用葛瓦西爾的血做成的！他是最有智慧的天神！」非呀拉大叫。「兩個桶子加一個水壺，全都裝得滿滿的！除了我們以外沒人喝過，這世界上沒有人喝過！」

瑟頓搔搔頭。「我得想想。我一定要思考，一定要深思熟慮。」

「別停下來想啊！假如你停下來思考我們會淹死的！」非呀拉在海浪呼嘯聲中大喊。

海浪上升。海浪拍打在矮人的頭上，他們張大嘴巴吸氣，雙眼因恐懼而睜大。此時巨人瑟頓伸出手，先將非呀拉從浪花裡撈起，接著再拎起嘎拉。

「詩歌之酒足以補償了。如果你們再加點別的東西，這個開價就算很公道，我相信你們矮人還有一些別的。我會饒過你們的小命。」

他將仍遭到綑綁、渾身溼透的兩人扔到船上，他們不舒服地扭動，有如兩隻長了鬍子的龍蝦。他往岸邊划回去。

瑟頓拿走了矮人用葛瓦西爾的血做的蜂蜜酒，也從他們那裡拿走其他東西。他離開那裡，離開矮人。從各方面來看，他們兩個很高興能逃過一劫。

非呀拉和嘎拉把瑟頓是如何殘忍對待他們的經過，告訴那些經過他們堡壘的人。他們隔天到市場做生意時說，在烏鴉飛近時也說。

在阿斯嘉，奧丁坐在他高聳的王座上，他的烏鴉呼金和目寧將牠們到世界各地的所見所聞，在他耳邊低語。當奧丁聽說瑟頓蜂蜜酒的故事，他的獨眼一亮。

聽說過這個故事的人將詩歌之酒稱為「矮人的船」，因為它讓非呀拉和嘎拉安全從岩礁漂離，把他們安全帶回家；他們稱之為瑟頓的蜂蜜酒；他們稱之為歐塞里爾、包森或桑之玉液瓊漿。

奧丁聆聽烏鴉的話。他喚來斗篷披風和帽子；他召集眾神，吩咐他們準備三個巨大的木桶，而且必須盡力做到最大，同時囑咐他們在阿斯嘉大門邊守候。他告訴天神，他要離開他們，到天地間行走，可能需要一點時間。

「我會帶兩樣東西一起去，」奧丁說。「我需要一塊磨刀石，用來將刀磨利。我要帶我們的最好的磨刀石。另外，我希望能帶一把叫做拉地的**螺旋鑽**。」「拉地」的意思是「鑽洞」，而拉地是眾神擁有最好的鑽子，可以鑽得很深，也能穿鑿過最硬的岩石。

奧丁將磨刀石拋入空中，再度接住，放進袋內，擺在螺旋鑽旁邊。之後便離開了。

「不知道他要做什麼。」索爾說。

「要是葛瓦西爾就會知道，」弗麗格說。「他無所不知，無所不曉。」

「葛瓦西爾已經死了，」洛基說。「至於我，我不在乎眾神之父要去哪裡，還有為什麼要去。」

「我要去幫忙做眾神之父交代的木桶。」索爾說。

瑟頓將珍貴的蜂蜜酒交給他女兒貢拉絲，放在稱為紐布尤格的山裡看管，那裡位於巨人國度的心臟地帶。奧丁不想去山上，而是直接去瑟頓的兄弟鮑奇所擁有的田地。

當時是春天，田地淨是高高青草，得把草剪下來晒乾。鮑奇有九名奴隸，個個都是像他一樣的巨人，使用如小樹一樣大的巨大鐮刀，正在割下用做乾草的青草。

奧丁看著他們。太陽日正當中時，他們停止工作，停下來吃東西，奧丁慢慢走到他們旁邊，說道：「我一直在看你們大家工作。告訴我，為什麼你們的主人讓你們用這麼鈍的鐮刀來割草？」

「我們的刀不鈍。」其中一名工人說。

「你為什麼這麼說？」另一人問。「我們的刀是最鋒利的。」

「我來告訴你們一把好好磨過的刀有何能耐，」奧丁說。他從包包裡拿出磨刀石，放在第一把鐮刀下面搓磨，接著磨下一把，最後每把刀在陽光下都閃閃發亮。巨人站在他旁邊，尷尬地看著他磨刀。「好了，試試看。」奧丁說。

巨人奴隸用鐮刀掃過牧草，開心地驚呼，讚嘆刀子非常鋒利，使得割草變得不費吹灰之力。刀子掃過最粗的莖，一點阻力都沒有。

「這真是太棒了！」他們對奧丁說。「我們可以跟你買這塊磨刀石嗎？」

「買？」眾神之父說。「絕對不行。我們來做件公平又好玩的事——你們大家！過來這裡，站成一圈，每個人都緊緊握著自己的鐮刀。站靠近點。」

「我們不能靠近對方，」其中一名巨人奴隸說。「因為鐮刀很鋒利。」

「你很聰明，」奧丁說。他舉起磨刀石。「那我告訴你們，你們誰能接住，那個人就能獨得！」他說了這話後將磨刀石拋入空中。

當磨刀石落下，九名巨人跳起來，每個人都伸出自己沒拿東西的手去接，完全沒注意另一手所拿的鐮刀（每把刀面都由眾神之父以磨刀石磨利，相當銳利）。

他們跳起來，伸出手去接，刀子在陽光下閃閃發亮。

在陽光下，一陣赤紅鮮血噴灑，奴隸一個個倒在剛割完的草上，身體抽動。奧丁走到巨人屍體旁，拿回眾神的磨刀石。放回他自己的包包裡。

九個巨人，每個都死在同伴的刀下，喉嚨被割斷。

奧丁走到瑟頓兄弟鮑奇的住所，請求住宿一晚。「我是包爾威克。」奧丁說。

「包爾威克，」鮑奇說。「這名字真陰鬱。意思是『處理可怕事務的工人』。」

「只針對我的敵人，」自稱為包爾威克的人說。「我的朋友則是感謝我所做的一切。我可以做九人份的工作，我會不眠不休，而且不會抱怨。」

「我可以讓你留宿，」鮑奇說，嘆了口氣。「但你是在黑暗的一日來到我這裡。昨天我還是個富翁，擁有許多田地，還有九名奴隸替我種植收割、勞動建造；今晚，我仍然擁有我的田地和動物，但我所有僕人都死了。他們互相殘殺。我不知道原因。」

「的確是黑暗的一日，」其實是奧丁的包爾威克說。「你不能再找其他工人嗎？」

「今年不行，」鮑奇嘆氣說。「現在已經是春天，好的工人已經去替我兄弟瑟頓工作，這裡又沒有什麼人來。你是這麼多年來第一個向我要求住宿的旅人。」

「那麼你很幸運，因為我來了，我能做九個人的工作。」

「你不是巨人，」鮑奇說。「你不過是個小蝦米。你要怎麼做一人份的工作？更別說是做九個人的。」

包爾威克說：「假如我做不到九個人的工作，你就不必付我錢。但要是我做得到……」

「怎麼樣？」

「……即使在遙遠之地，我們也聽說過你兄弟瑟頓那非凡的蜂蜜酒。人家說喝了這蜂蜜酒會得到詩歌之禮。」

「這是事實。在我們還小的時候，瑟頓從來就不是詩人，我才是家裡的詩人。但自從他帶著矮人的蜂蜜酒回來，他就成了詩人和夢想家。」

「假如我替你做事，替你種植、建造、收割，做你死去僕人做的每件事，那我想嘗嘗你兄弟瑟頓的蜂蜜酒。」

「但是……」鮑奇的額頭緊皺。「但那不是我的東西，不能隨便給人。那是瑟頓的。」

「可惜啊，」包爾威克說。「那麼我祝你幸運，今年能收成。」

「等一下！那的確不是我的，但假如你能做到你所說的事，我會和你一起去見我哥哥瑟頓。我會盡我一切力量幫你嘗到他的蜂蜜酒。」

「那麼我們說定了。」

從沒有哪個工人比包爾威克更努力工作。他比二十人更辛勤耕耘土地，更別說九人。他一個人照顧動物、進行收成。他耕作土地，而土地千倍給他報償。

當冬天的第一道霧從山上降下——「包爾威克，」鮑奇說：「你的名字實在取錯了。因為你所做的一切都是好事。」

「我有做成九個人的工作嗎？」

「有，而且還加倍。」

「那麼，你會幫我喝到瑟頓的蜂蜜酒嗎？」

「我會！」

他們隔天一大早就起床，不停走路。到了傍晚，便已離開鮑奇的土地，前往瑟頓位於山邊的家。夜晚降臨，他們抵達瑟頓的城堡。

「瑟頓哥，您好，」鮑奇說。「這位是包爾威克，是我在夏天的僕人，也是我的朋友。」他將自己與包爾威克的協定告訴瑟頓。「所以呢，」他總結道：「我一定要請你給他喝一口詩歌之酒。」

瑟頓的眼睛有如碎冰。「不行。」他斷然地說。

「不行嗎？」鮑奇說。

「不行，蜂蜜酒我一滴都不會給，一滴都不送。我安全地放在名為包森和桑的桶子裡，裝在名為歐塞里爾的壺中。那些桶子深藏在紐布尤格的山裡面，這座山只會聽我的命令打開，而我的女兒貢拉絲守護著那裡。你的僕人不能嘗。你也不能嘗。」

鮑奇說：「但是，那是他人因我們父母的死償還的血債，難道我連最少的一點分量都配不上嗎？我無法告訴包爾威克我是個正直誠實的巨人嗎？」

「不行，」瑟頓說。「你配不上。」

他們離開他的住所。

鮑奇悶悶不樂。他聳著肩，垂著嘴角。鮑奇每走幾步，就對包爾威克道歉。「我沒想到我的哥哥這麼不講理。」他說。

「他的確不講理，」其實是奧丁偽裝的包爾威克說。「但你跟我兩人可以聯手，對他來點惡作劇，這樣他以後才不會這麼高高在上，下一次就會聽他弟弟的話。」

「好像可以這麼做，」巨人鮑奇說，站得也挺直多了。他收緊嘴角，有如露出微笑。

「我們要怎麼做？」

包爾威克說：「首先，我們要爬上紐布尤格這座高山。」

他們一起爬上紐布尤格。巨人先爬，接著是包爾威克，相形之下，他有如小玩偶，但他的速度完全沒有落後。他們爬上綿羊和山羊所踩踏出來的路徑，迅速爬過岩石，終於來到高山上。冬天的初雪已經落在前一個冬天尚未融化的冰上。他們聽見風在呼嘯，聽見遠遠下方的鳥兒啼叫。他們還聽見了別的聲音。

那是一種像人類的聲音。似乎來自山上的岩石，但聲音總是遙遠，彷彿來自山裡。

「那是什麼聲音？」包爾威克問。

鮑奇皺眉。「聽起來像是我的姪女貢拉絲在唱歌。」

「那麼我們就停在這裡吧。」

包爾威克從他的包裡拿出稱為拉地的螺旋鑽。「拿去，」他說。「你是巨人，又高又壯，不如由你拿這把螺旋鑽從山邊鑽出一個洞？」

鮑奇拿了螺旋鑽，將鑽子頂住山腰開始扭轉。螺旋鑽尖頭進入山腰，有如插入柔軟的木塞。鮑奇轉啊轉的，轉個不停。

「完成了。」鮑奇說。他抽出螺旋鑽。

包爾威克靠在鑽出來的洞旁，往裡面吹氣，石頭的碎屑和灰塵噴到他臉上。「我得知了兩件事。」包爾威克說。

「哪兩件事？」鮑奇問。

「我們還沒有穿過這座山，」包爾威克說。「你必須繼續鑽下去。」

「這只有一件，」鮑奇說。但是包爾威克站在高山腰上沒說話，冷風直吹著他們。鮑奇把名為拉地的鑽子推回洞裡，又開始往裡面鑽。

當鮑奇將螺旋鑽再次從洞裡抽出，天色已經漸漸暗了。「我在山裡開了個洞。」他說。

包爾威克沒說話，但他輕輕往洞裡吹氣，這次他看到石頭碎屑往裡面飄。

當他吹氣，他意識到有東西從裡面朝他過來。包爾威克在此時變身：他將自己變成一條蛇，尖銳的螺旋鑽就戳在他的頭剛才的位置。

「第二件事，是我在你對我說謊時得知的，」蛇發出嘶嘶聲對鮑奇說，而鮑奇站在那裡，震驚不已，手裡拿著螺旋鑽，彷彿拿著一件武器。「你會背叛我。」蛇的尾巴搖了搖，消失在山腰的洞內。

鮑奇再次以螺旋鑽攻擊，但蛇早已消失。他憤怒地將鑽子甩開，聽到鑽子掉在底下岩石的聲音。他想回去瑟頓家，一旦他到了那裡，就要告訴他哥哥自己幫了一個力量強大的魔法師，把他帶上紐布尤格，甚至幫他進入山裡。他不禁想像瑟頓聽到這個消息的反應。然後鮑奇垂著肩膀和嘴角走下山，踏著沉重的步伐走上回家的路，回到他自己的火爐邊、自己的屋子裡。不管未來他的哥哥發生什麼事，或是他哥哥寶貴的蜂蜜酒發生什麼事——唉，跟他一點關係都沒有。

包爾威克以蛇形從小洞溜入山裡，直到洞的盡頭，他發現自己進入一個巨大的洞穴。洞穴以水晶冷冰冰的光芒照亮，奧丁將自己由蛇再次變身為人——他變的不是一般人，而是一個身材高大的人，有著巨人的體型，英俊挺拔。然後他向前走，跟著歌聲。

瑟頓之女貢拉絲站在洞穴裡一扇上鎖的門前，門後就是放著稱為桑和包森的桶子，以及酒壺歐塞里爾。她手裡握著一把鋒利的劍，站起身時自顧自地唱著歌。

「勇敢的女孩，妳好呀！」奧丁說。

貢拉絲瞪著他。「我不知道你是誰，」她說。「陌生人，報上名來，告訴我有什麼理由留你一命。我是貢拉絲，此地的護衛。」

奧丁說：「我是包爾威克，我知道自己死有餘辜，因為我大膽來此。但請妳高抬貴手，讓我好好看看妳。」

貢拉絲說：「我的父親瑟頓派我護衛這裡，保護詩歌之酒。」

包爾威克聳聳肩膀。「我哪裡在乎詩歌之酒？我來這裡，是因為聽說瑟頓之女貢拉絲的美貌、勇氣和美德。我告訴自己，『假如她容許你看她一眼，這一切就值得了。當然，假如她真像故事裡傳聞得那樣美麗。』我是這樣想的。」

貢拉絲注視面前這位英俊的巨人。「那麼，你覺得值得嗎？即將受死的包爾威克？」

「非常值得，」他告訴她。「因為妳本人比我聽過的任何故事，或吟遊詩人所譜寫的歌曲更加美麗動人；妳比山峰更美、比冰河更美，比清晨時雪剛落下的田野更美。」

貢拉絲低頭看著地上，臉頰發紅。

「我可以坐在妳旁邊嗎？」包爾威克問。

貢拉絲點點頭，沒說話。

她在山裡擺了食物和飲水，兩人吃吃喝喝。

他們吃完之後，在黑暗之中溫柔地親吻。

在兩人享受魚水之歡後，包爾威克哀傷地說：「我真希望能嘗一口放在稱為桑的桶子裡的蜂蜜酒，然後我就能為妳的雙眼做一首真正的歌，所有人若想歌頌美麗，就會唱這首歌。」

「一口嗎？」她問。

「小小的一口，小到沒人會知道有多少，」他說。「但是我不趕時間。妳比那更重要。讓我來告訴妳，妳對我有多麼重要。」

他將她往自己拉近。

他們在黑暗中翻雲覆雨。結束之後，兩人繾綣纏綿，裸身交疊，彼此低聲訴說衷情。包爾威克又哀傷地嘆氣。

「怎麼了？」貢拉絲問。

「真希望我有能力歌頌妳的雙唇有多麼柔軟。比起其他女孩，妳的雙唇是多麼美好。我想，那會是很精采的一首歌。」

「的確很可惜，」貢拉絲同意。「因為我的唇非常有魅力。我常認為我的唇是最棒的部位。」

「或許吧。但妳有這麼多完美的部位，從中挑選最好的一處非常困難。但要是我能從名為包森的桶子中喝一口最小口的酒，詩歌便會進入我的靈魂，我就能作詩讚賞妳的唇，詩作將永垂不朽，直到狼將太陽吞噬。」

「不過只能是最小的一口，」她說。「因為，假使父親知道我把他的蜂蜜酒隨便給了每個穿過這座山的銅牆鐵壁而來的英俊陌生人，他會暴跳如雷的。」

他們手牽手走過一個個洞穴，三不五時接個吻。貢拉絲把山裡她有能力打開的門和窗戶都指給包爾威克看，瑟頓可以從那裡將食物和飲料遞送給她，包爾威克看來似乎毫不在意；

他表示，只要是與貢拉絲，或是她的眼、脣、手指或頭髮無關的事，他都不感興趣。貢拉絲大笑，說他剛才那番漂亮話都不是真心真意，而且他顯然不想再跟她做愛。

他親吻她的脣，使她噤聲不語，兩人再次做愛。

當兩人都相當滿意時，包爾威克開始在黑暗中哭泣。

「吾愛，發生什麼事了？」貢拉絲問。

「殺了我，」包爾威克啜泣。「現在就殺了我！因為我永遠都無法寫出好詩來歌頌妳的秀髮、美麗的肌膚、動聽的聲音、手指的觸感。我永遠不可能描述貢拉絲的美貌。」

「那麼，」她說：「我想，要寫出這樣的詩的確是不容易。但我懷疑這永遠不可能辦到。」

「說不定……」

「怎麼樣？」

「說不定，從歐塞里爾酒壺喝最小一口酒，會賦予我作詞的技巧，使得後世子孫能想像妳的美貌。」他建議道，停止啜泣。

「嗯，或許吧，但必須是最小口又最小的一口……」

「帶我去看酒壺吧，我會示範給妳看我能喝的一口有多麼小。」

貢拉絲將門鎖打開，兩人立刻見到酒壺和兩個桶子。詩歌之酒的味道瀰漫在空氣裡。

「喝最小的一口就好，」她告訴他。「為了寫那三首以我為題、可以流傳千古的詩。」

「那是當然的，親愛的。」包爾威克在黑暗中露齒而笑。假使她那時一直看著他，就會知道事情不妙。

他的第一口，喝光了歐塞里爾酒壺裡每一滴酒。

他的第二口，飲盡了稱為包森的桶子。

他的第三口，喝乾了稱為桑的桶子。

貢拉絲不是傻子。她發現自己遭到背叛，出手攻擊他。她身強體健，又動作迅速，但奧丁沒留下來戰鬥。他從那裡跑走，把門打開，將她反鎖在裡面。

奧丁一眨眼就變身為一隻巨鷹。他振翅飛翔，發出尖銳叫聲。當山門打開，他衝向天際。

貢拉絲的尖叫聲劃破清晨。

瑟頓在自家醒來，跑到外面。他抬起頭，看見一隻老鷹，知道一定發生了什麼事。瑟頓也將自己變身為老鷹。

兩隻老鷹飛得非常高，從地面往上看，他們像是天空中兩個最小的針孔。他們飛行速度之快，發出的聲音有如颶風呼嘯。

在阿斯嘉，索爾說：「時機已至。」

他將三個巨大的木桶拖進庭院。

阿斯嘉眾神看著兩隻老鷹發出刺耳尖銳的叫聲，劃破天空，朝他們飛來。情況似乎千鈞一髮。瑟頓速度很快，他緊跟在奧丁後面。當他們雙雙抵達阿斯嘉，他的鳥喙幾乎碰到奧丁的尾羽。

當奧丁接近大殿，他開始大吐特吐：源源不絕的蜂蜜酒從他的鳥喙噴入木桶裡，好似鳥爸爸將食物帶回給牠的孩子。

從此之後，我們便知道，那些能神奇巧妙地運用文字、那些能作詩、創造史詩、編造故事的人，都曾經嘗過詩歌之酒。於是，當我們聽說某位優秀的詩人，我們會說他嘗過了奧丁的禮物。

好了。這就是詩歌之酒的故事，以及那酒是如何分給全世界享用。這是一個充滿恥辱和欺騙、謀殺和詭計的故事。但這個故事還不完整，還有一件事要告訴你們。你們當中若是有人太玻璃心，就摀住耳朵，或不要繼續往下讀。

我最後要說一件事，而且這番坦白著實丟臉。當化為老鷹的眾神之父就快接近木桶之際，瑟頓偏偏又尾隨在後，奧丁從臀部噴出一些蜂蜜酒，那陣臭氣熏天的蜂蜜酒溼屁四散飛濺，正中瑟頓的臉，使得巨人視線不明，奧丁得以將他甩開。

不論是那時或現今，無人想喝從奧丁屁股噴出的蜂蜜酒。但只要你聽到差勁的詩人朗誦他們拙劣的詩歌，裡頭淨是愚蠢的明喻和蹩腳的韻律，就知道他們喝到的蜂蜜酒是哪一種。

索爾遊巨人之地

I

席奧維和他的姐姐蘿絲珂娃、他們的父親埃吉爾及母親一同住在荒野邊緣的一處農莊。在他們農莊之外的地方，有怪物、巨人和野狼。席奧維曾多次遇上麻煩，必須狂奔逃命。沒有其他人或生物跑得比他更快。住在荒野邊緣，表示席奧維和蘿絲珂娃對各種發生在他們世界的奇蹟和怪事，全都見怪不怪。

但是，最奇怪的事情可能要算是那天的兩個來自阿斯嘉的訪客。洛基和索爾駕著由索爾命名為「咆哮」和「磨牙」的山羊拉的戰車，到他們的農莊。兩位天神打算借宿一晚，而且希望有東西吃。天神是如此高大，而且力量極強。

「我們沒有適合兩位吃的東西，」蘿絲珂娃歉然地說。「我們有蔬菜，但這個冬天很艱困，我們連雞都沒剩。」

索爾咕噥抱怨，然後拿出刀子，把他的兩隻山羊都宰了，並剝掉羊皮。他把山羊肉放進掛在爐火上的大燉鍋，蘿絲珂娃和母親將她們冬藏的蔬菜切塊，丟進大燉鍋裡。

洛基將席奧維拉到一旁。洛基令男孩心生畏懼——他的綠色眼珠、有傷疤的唇及笑容。洛基說：「你知道的，那兩隻山羊的骨髓是年輕人能吃到最棒的極品，可惜索爾總是自己一人獨享。假如你想要長得像索爾一樣壯，你應該要吃點山羊骨髓才對。」

當晚餐準備好，索爾自己拿了一整隻羊吃，把另一隻羊的肉留給其他五個人。

他把山羊皮放在地上，並在吃東西的時候把骨頭扔在山羊皮上。「把你們吃剩的骨頭放在另一張山羊皮上，」他對他們說。「別弄碎或啃任何骨頭。吃肉就好。」

你是否認為自己吃東西很快呢？如果是，你該看看洛基大口吞下食物的模樣。前一刻東西還在面前，下一刻就無影無蹤，只看到他在用手背擦嘴。

其他人則吃得慢多了。但席奧維無法忘記洛基告訴他的事。當索爾離開餐桌去小解，席奧維拿了一把刀，切斷一根羊腿骨，吃了一點骨髓。他把碎掉的骨頭放在羊皮上，用完好無缺的骨頭蓋住，這樣就沒人知道了。

那天晚上，他們所有人一起睡在大廳。

隔天早上，索爾用羊皮把骨頭包起來。他拿出他的鎚子——妙爾尼爾，高舉在上，說：「咆哮，完好無缺。」出現一道閃電，咆哮伸展身體，發出咩咩聲，開始吃草。索爾又說：「磨牙，完好無缺，」磨牙做了同樣的動作，然後牠搖搖晃晃、一拐一拐走向咆哮，發出尖銳的咩咩叫，似乎相當痛苦。

「磨牙的後腿斷了，」索爾說。「拿木頭和布來給我。」

他替山羊做了一塊夾板，固定腿部，然後好好包紮起來。當他包紮好後，他看著這一家人，席奧維覺得，他這輩子沒看過比索爾的灼熱紅眼更恐怖的畫面。索爾緊握他的鎚子握柄。「有人弄碎了那根骨頭，」他對他們說，聲音有如貫耳雷聲。「我給你們這些人食物，只要求你們一件事，但你們卻背叛了我。」

「是我做的，」席奧維說。「是我弄斷骨頭。」

洛基試著板起臉孔。但即使如此，他的嘴角仍浮現笑容。這個笑容令人不安。

索爾舉起鎚子。「我應該摧毀這整片農地，」他喃喃說道，埃吉爾一臉驚恐，他的妻子開始哭泣。然後索爾說：「你說說，為何我不該將這裡全部夷為平地？」

埃吉爾沒說話，席奧維站起來。他說：「這件事和我父親無關。他不知道我做了什麼。處罰我吧，不要罰他。你看我，我真的跑得很快；我可以學，放過我的父母親，我會當你的奴僕。」

他的姐姐蘿絲珂娃站起來。「如果他要離開，我也得跟著，」她說。「要帶他走，我們兩個人你都要一起帶著。」

索爾想了一下，然後說：「很好。蘿絲珂娃，妳就待在這裡照顧咆哮和磨牙，等磨牙的腿傷復原；等我回來，我會把你們兩人都帶走。」他轉身面向席奧維。「你可以和我與洛基一起同行。我們要去兀特嘉。」

II

離開農莊以外的世界，是一片原始荒涼。索爾、洛基和席奧維往東行，朝巨人所在的約頓海姆和海洋而去。

他們越往東走，天氣變得越冷。刺骨寒風吹著，抽光他們身上的溫暖。快到傍晚時分，還有足夠的光線可視物，可找尋當晚過夜的地方。索爾和席奧維什麼都沒找到。洛基離開的時間最久。他回來時帶著一臉困惑。「那邊過去有一棟奇怪的房子。」他說。

「怎樣奇怪？」索爾問。

「就只有一間大房間。沒有窗戶，門口很大，但卻沒有門。就像一個超級大洞穴。」冷風麻痺了他們的手指，刺痛他們的臉頰。索爾說：「我們去一探究竟吧。」

主廳一路直通到最後。「那裡可能有野獸或怪物出沒，」索爾說。「我們就在門口紮營。」

他們就這麼做了。一如洛基的描述——那是一棟非常大的建築，一棟大屋，一側有間很長的房間。他們在門口生火，在那裡睡了大約一個鐘頭，直到一陣聲響將他們吵醒。

「那是什麼？」席奧維說。

「地震？」索爾說。地面晃動，某種東西隆隆作響。可能是火山，或是巨石山崩，或是一百隻發怒的熊。

「我不認為是這樣，」洛基說。「我們移到旁邊的房間吧。為了安全起見。」

洛基和席奧維睡在旁邊的房間，轟隆作響的巨大噪音持續到天亮才停。索爾自己守在房子門邊一整晚，並且拿好了鎚子。當夜色更深，他也變得更煩躁，只想去找出使大地搖晃並發出隆隆聲的源頭，好好揍那東西一頓。當天色漸亮，索爾便獨自一人走進森林，找尋聲音的來源。

當他逼近，他發現又接續出現不同的聲音。一開始是隆隆巨響的吼聲，接著是嗡嗡聲，然後是更輕柔的口哨聲——尖銳得令索爾只要聽到就覺得頭痛牙痛。

索爾走到山丘頂上，看著底下的世界。

——延伸到底下的山谷，是個索爾從沒見過的大巨人。他的頭髮和鬍子比煤炭還黑；皮膚有如雪地一樣白皙。巨人閉上眼睛，規律打呼；那就是索爾一直聽見的隆隆呼嚕聲和口哨聲。每次巨人打呼，地面就會晃動；那就是他們晚上感覺到的震動。巨人身軀龐大，相較之下，索爾根本是隻甲蟲或螞蟻。

索爾伸手摸摸他的力量腰帶梅金約德，並且拉緊，使他的力量加倍，以確保他的力氣足以對付最龐大的巨人。

當索爾注視他的時候，巨人睜開眼睛——一對冷冽的藍眼珠，目光銳利。不過，這個巨人似乎沒有立即的威脅性。

「你好。」索爾喊道。

「早安！」黑髮巨人說，聲響有如山崩。「別人叫我斯克里米爾。意思是『大個兒』。他們是在諷刺我，我的那些族人，竟叫我這樣的小傢伙『大個兒』，但反正就是這樣。是說，我的手套在哪裡？我有兩隻手套，你知道的，昨天晚上，但我掉了一只。」他舉起雙手：右手上有隻像手套的超大皮手套，另一手則光溜溜。「噢！就在那裡。」

他伸出手，往下摸索剛才索爾從遙遠的另一頭爬上來的地方。他撿起一個看起來像另一隻手套的東西。「怪了，裡面有東西，」他說，然後搖一搖。當席奧維和洛基從手套口往下掉在雪地上，索爾認出那是他們前晚住的地方。

斯克里米爾戴上左手套，一臉開心地看著戴了手套的雙手。「我們可以同行，」他說。「如果你們要的話。」

索爾看看洛基，洛基看看索爾，兩人一起看看小席奧維，他聳聳肩。「我跟得上。」他說，對自己的速度很有自信。

「很好。」索爾吼道。

他們和巨人共進早餐。巨人從他裝食物的袋子裡抽出幾隻全牛和一整隻羊，嘎吱嘎吱啃個精光；三個同伴則吃得不多。用餐完畢，斯克里米爾說：「拿過來吧，把你們的糧食放在我的包包，我替你們揹。這樣你們可以少揹一點東西，我們今晚紮營時大家一起吃飯。」他把他們的食物放進他的袋子，把袋子綁好，然後邁開大步，往東方走去。

索爾和洛基是天神，他們跟在巨人後面跑，步伐從不疲累。席奧維以凡人能及的最快速度奔跑。但隨著時間過去，就連他都覺得難以跟上。有時巨人看來就像遠方的一座山，腦袋消失在雲層裡。

等到夜晚來臨，他們跟上斯克里米爾。他替他們在一棵大橡樹底下找到紮營處，並在附近替自己弄了一個舒服的位子，頭靠在一塊巨石上。「我不餓，」他告訴他們。「你們別擔心我。我今天要早點睡，你們的糧食在我袋子裡，就放在樹旁。晚安。」

他開始打呼。當熟悉的隆隆呼嚕聲和咻咻聲搖動樹木，席奧維爬上巨人裝糧食的袋子，他對著底下的索爾和洛基大喊：「我解不開繩子。對我來說太粗了。簡直像鐵做的一樣。」

「我可以把鐵折彎。」索爾說。他跳到裝著糧食的袋子頂端，開始拉扯繩子。

「怎麼樣？」洛基問。

索爾邊抱怨邊拉，邊拉邊抱怨。然後他肩膀一聳。「我想我們今晚吃不到晚餐了，」他說。「除非這該死的巨人替我們解開他袋子的繩子，才吃得到。」

他看著巨人，看看他的鎚子妙爾尼爾，然後從袋子上爬下來，走到睡覺的斯克里米爾頭上。他高舉鎚子，敲在斯克里米爾的前額。

斯克里米爾睜開一眼，睡眼惺忪。「我還以為有片葉子掉到我頭上，把我叫醒，」他說。「你們都吃完了嗎？準備好要睡覺了嗎？如果你們要睡覺的話，我也可理解。畢竟今天是漫長的一天。」他翻過身去，閉上眼睛，又開始打呼。

儘管有噪音，洛基和席奧維還是想辦法睡著了，但索爾睡不著。在這東邊的荒野之地，他一肚子氣，肚子又餓，他不信任巨人。到了午夜，他依舊饑腸轆轆，而且受夠了不斷聽打呼聲。他再次爬到巨人頭上。他站在巨人眉心，調整好自己的位置。

索爾對著雙手吐口水。他調整力量腰帶，將妙爾尼爾高舉過頭。他使盡渾身力氣、用力一揮──他很確定鎚子敲進了斯克里米爾的額頭。

現在天色太黑，看不見巨人眼睛的顏色，但他張開了眼。「哇嗚，」大個兒說。「索爾？是你嗎？我還以為是一顆橡果從樹上掉下來砸到我的頭。現在是什麼時間？」

「午夜。」索爾說。

「那麼，早上再見了。」巨人的鼾聲撼動地面，使樹頂晃動不已。

天剛破曉，但尚未天亮。索爾更餓、更生氣，仍舊沒睡覺，決定要使出最後一擊，永遠終結鼾聲。這次他瞄準斯克里米爾的太陽穴，用盡全力擊打巨人。他從來沒使出過這麼重的力道。索爾聽見從山頂傳回來的回音。

「你知道的，」斯克里米爾說：「我想剛才有些鳥巢掉到我的頭上——還是樹枝？我不知道。」他打呵欠，伸伸懶腰，然後站起來。「嗯，我睡飽了。現在該啟程上路了。你們三個要去兀特嘉嗎？他們會好好照料你們，我保證你們會吃到豐盛的宴席、有喝不完的啤酒，之後還有摔角、跑步、比力氣的比賽。那在東邊——往那邊走，天空在閃電的那角就是了。我呢，要往北走了。」他對他們露齒一笑。要不是因為他的雙眼沒有這麼湛藍，是如此俐落犀利，這模樣看起來既愚蠢又空洞。

然後他彎下身，一手擺在嘴邊，像是不希望有人聽見他說話似的——不過因為他自以為輕聲細語，聲音實則震耳欲聾，效果稍微打了折扣。「我之前忍不住偷聽到你們的談話，你們說我的體型有多麼巨大，我猜你們以為自己是在讚美我。但假如你們去到北方，就會遇到『真正的』巨人，真正的大塊頭。到時你們就會發現我其實是個小蝦米罷了。」

斯克里米爾又露齒而笑，然後踏著重重步伐朝北邊去。他腳下的地面震動不已。

III

他們往東通過約頓海姆，持續朝日出的方向前進，走了好幾天。

起先他們以為自己看到的是一般大小的城堡，而且離他們相當近；他們朝那裡走去，加快步伐，但城堡沒有變大或有任何改變，或是變得更近。隨著日子一天天過去，他們領悟到這裡有多麼大、又有多麼遠。

「那是兀特嘉嗎？」席奧維問。

當洛基說：「就是那裡。我的家人就是從那裡來的。」他的語氣幾乎可說相當認真。

「你以前有去過嗎？」

「我沒有。」

他們邁開步伐，走到城堡的大門口，連一個人都沒看見。他們可以聽見裡面像是在開派對慶祝的聲音。大門比起多數大教堂還高，上面有金屬欄杆，相當粗大，可將任何不受歡迎的巨人擋在離門口很遠的地方。

索爾大吼，但沒人回應他的呼喊。

「我們進去吧？」他問洛基和席奧維。

他們閃閃躲躲，爬過大門的欄杆下。三名旅人穿過庭園，進入大殿。裡面有著和樹頂一樣高的長椅，上面坐著巨人。索爾大步踏進去，席奧維非常害怕，但他走在索爾旁邊，而洛基走在他們後面。

他們可以看見巨人之王正坐在大殿盡頭最高的椅子上。他們穿過大殿，接著深深一鞠躬。

國王的臉很窄，看起來很聰明；他有一頭火紅的頭髮，雙眼冷冽湛藍。他看著三位旅人，一邊眉毛高高挑起。

「老天爺，」他說。「我們被學步小童入侵了……噢不，我搞錯了。你一定是亞薩神族的索爾，那這表示你一定就是勞菲的兒子洛基。我和你的母親有點交情。哈囉，小親戚，我叫兀特嘉洛基，也就是兀特嘉的洛基。而你是？」

「我是席奧維，」席奧維說。「我是索爾的奴僕。」

「歡迎各位來到兀特嘉，」兀特嘉洛基說。「這是世上最好的地方，歡迎任何才藝與聰明才智超越世人的朋友來。你們之中是否有人具備特殊能力？小親戚，你怎麼樣？你有什麼特殊能力？」

「我吃東西比任何人都快。」洛基說。他一點都沒吹牛。

「有意思。我這裡有位僕人。他的名字叫……這下好玩了，他叫做羅基。你願不願意和他來場吃東西比賽？」

洛基聳聳肩膀，彷彿他一點也無所謂。

兀特嘉洛基拍拍雙手，一根長長的木槽被抬進來，裡面放了各種烤過的動物：鵝、牛、綿羊、山羊、兔子和鹿。當他再拍拍雙手，洛基便開始吃，從木槽遠遠的一端開始，一路往中間吃過去。

他很努力地吃，專心一意地吃，彷彿這輩子他只有一個目標：盡可能快速吃光所有東西。他的雙手和嘴移動速度之快，令人看不清楚。

羅基和洛基在餐桌中間相遇。

兀特嘉洛基低頭往下看。他說：「嗯，你們兩人吃東西的速度一樣，很不賴！但是羅基吃了動物的骨頭，看來也吃掉了上菜用的木槽。洛基吃光了肉，這是事實，但他幾乎沒碰骨頭，而且根本連木槽都還沒開始吃。所以這輪比賽的冠軍是羅基。」

兀特嘉洛基看著席奧維。「你，」他說。「孩子，你有什麼本事？」

席奧維肩膀一聳。他知道沒有比自己跑更快的人。他跑得比受驚的兔子、驚慌失措的鳥還快。他說：「我很能跑步。」

「那麼，」兀特嘉洛基說：「你就來跑步。」

他們走到外面。一塊平坦的地面上有跑道，很適合跑步。一群巨人站在跑道邊等著，摩拳擦掌，對著雙手吐氣來暖手。

「席奧維，你還只是個孩子，」兀特嘉洛基說。「所以我不會要你和一個大人比賽。我們的小胡伊在哪裡？」

一個巨人小孩向前走來，身體非常纖細，根本不像這裡的人，甚至沒有洛基或索爾魁梧。這孩子看著兀特嘉洛基，不發一語，但面帶微笑。席奧維不確定那個男孩在被叫出來之前是不是在那裡，但總之，現在他在那裡。

胡伊和席奧維在起跑線上肩並肩，兩人等待著。

「開始！」兀特嘉洛基大喊，聲音有如雷鳴，兩個男孩開始跑。席奧維拚命地跑，速度前所未有得快，但他看著胡伊遙遙領先，並且抵達終點，而他幾乎連一半都還沒跑到。

兀特嘉洛基喊道：「胡伊獲勝。」然後他蹲下來，靠在席奧維旁邊。「如果你希望打敗胡伊，得跑得更快才行，」巨人說。「不過，我從來沒看過任何人類那樣跑步。席奧維，你要跑快一點。」

席奧維再次站在起跑線，就在胡伊旁邊。席奧維大口喘氣，心臟怦怦跳，連他自己都聽得見。他知道自己剛才跑得多快，但是胡伊更快，而且似乎完全沒有壓力，他甚至沒有用力呼吸。巨人男孩看著席奧維，再次露出微笑。胡伊有某個地方令席奧維想到兀特嘉洛基，他猜想巨人男孩是否就是兀特嘉洛基的兒子。

「開始！」

他們跑起來。席奧維從未跑得這麼快過，快得彷彿世界只有他和胡伊。然而胡伊還是在他前面一路領先。胡伊抵達終點時，席奧維還有五秒或十秒才會抵達終點。

席奧維知道他這次離勝利很近了，他知道自己所要做的就是盡全力衝刺。

「我們再跑一次。」他氣喘吁吁地說。

「很好，」兀特嘉洛基說。「你可以再跑一次。年輕人，你跑得很快，但我不相信你會贏。儘管如此，我們就讓最後一次比賽來決定結果。」

胡伊走到起跑線。席奧維站在他旁邊，他連胡伊的呼吸聲都沒聽見。

「祝你好運。」席奧維說。

「這次，」胡伊以一種似乎是在席奧維腦海裡迴響的聲音說：「我會讓你知道什麼才叫跑步。」

「開始！」兀特嘉洛基大喊。

席奧維奔跑，那是世上從來沒有過的速度。他跑得有如遊隼俯衝、有如暴風勁吹，他盡情衝刺，再沒有人能像席奧維這樣衝刺；前無古人，後無來者。

但胡伊輕輕鬆鬆領先，速度比之前更快。席奧維才快到半路，胡伊已經抵達終點並往回跑了。

「夠了！」兀特嘉洛基大喊。

他們回去大殿。巨人的心情現在比較放鬆，更加開懷。

「啊，」兀特嘉洛基說。「這兩個人的失敗或許可以理解，但現在呢，我們要來看看能令我們佩服之事。現在輪到索爾，這位雷神，最孔武有力的英雄。索爾的事蹟在各個世界傳頌，天神和凡人都述說你的功績。你要不要表演一下你的拿手本領給我們看？」

索爾瞪著他。「首先，我很會喝，」索爾說。「沒有我喝不完的東西。」

兀特嘉洛基仔細想了想。「當然，」他說。「替我倒酒的小廝在哪？」斟酒小廝往前站出來。「把我那特別的飲酒獸角拿來。」

斟酒小廝點點頭走開，不久立刻帶著一根長獸角回來。索爾沒見過這麼長的飲酒獸角，但他不以為意。畢竟他可是索爾，沒有他喝不完的酒。獸角一邊刻滿了盧恩符文和圖案，杯口的邊緣有加點銀。

「這是本城堡的飲酒獸角，」兀特嘉洛基說。「在我們那時代，每個人都曾喝光這根獸角，我們當中最強最厲害的人，甚至是一口喝光的；其他的人呢，我得承認，得分兩次才喝完。但我很驕傲地告訴你，這裡的人全都不弱，不會令人失望，沒人會要喝三次才喝光。」

那是一根很長的獸角，但索爾就是索爾，他將裝滿酒的獸角湊近嘴邊，開始大口喝下。巨人的蜂蜜酒又冷又鹹，但他還是喝下，將整根獸角裡的蜂蜜酒喝光，喝到沒氣，他連一口都喝不下了。

他以為自己會看到獸角空了，但獸角依然像他剛開始喝的時候一樣滿滿的——或幾近全滿。

「我一直有種錯覺，以為你比剛才那樣還更會喝，」兀特嘉洛基冷冷地說。「不過，我知道你可以喝完第二輪，就像我們大家一樣。」

索爾深呼吸一口氣，將嘴湊近獸角，喝得大口大口、喝得順暢無比。他知道這次必須把整根獸角喝個精光，但當他把獸角從嘴邊放下，卻只不過喝到他大拇指的長度。

巨人們看著索爾，開始出聲嘲笑，但他惡狠狠地瞪著他們，他們全都安靜下來。

「啊，」兀特嘉洛基說。「所以說，英勇索爾的傳說只是傳說罷了。即便如此，我們會給你第三次機會，讓你試試把獸角喝光。畢竟裡面的酒不可能剩太多。」

索爾將獸角湊近嘴邊開始喝，他以天神的氣魄喝，喝得大口又順暢，連洛基和席奧維都只能目瞪口呆地看著他。

但當他將獸角放下，蜂蜜酒只少了一根指節的長度。「我受夠了，」索爾說。「我不相信這只是一點蜂蜜酒而已。」

兀特嘉洛基要他的斟酒小廝把獸角拿走。「現在來測試力氣。你能舉得起一隻貓嗎？」他問索爾。

「這算哪門子測驗？我當然能舉得起一隻貓。」

「那麼，」兀特嘉洛基說：「我們大家都見識到你沒有我們以為的那樣強壯。兀特嘉這裡的年輕人鍛鍊力氣的方式，都是靠著舉我家的貓。現在，我得警告你，你的體型比我們這裡所有人都還要小，我的貓是巨人的貓，所以如果你舉不動，我可以理解。」

「我會把你的貓舉起來。」索爾說。

「牠現在大概正在火堆旁睡覺，」兀特嘉洛基說。「我們過去牠那裡吧。」

貓正在睡覺，但他們進來時吵醒了牠，牠立刻衝到房間中央。這是一隻灰色母貓，身形就跟一個人一樣大，但是索爾比任何人都還更孔武有力，他伸手往下，抱住貓的肚子，要用雙手將牠高舉過頭。貓咪似乎有些冷漠。牠拱起背，站挺起來，迫使索爾必須盡可能地伸直身體。

索爾才不會在這種簡單的舉貓比賽中落敗。他推了又推，奮力使勁，最後，從地上抬起了貓的一隻腳。

索爾、席奧維和洛基聽見遠處傳來的聲音，彷彿巨石相互摩擦，群山痛苦地發出隆隆響聲。

「夠了，」兀特嘉洛基說。「索爾，你舉不動我家養的貓，不是你的錯。這隻貓很大，而且，你跟我們巨人相比不過是個瘦巴巴的小傢伙。」

「瘦巴巴的小傢伙？」索爾說。「什麼東西，我可以跟你們隨便一個人摔角——」他露齒而笑。

兀特嘉洛基說：「以我們目前為止看到的，假如我讓你跟一個真正的巨人單挑，我就是個不盡責的主人了。你可能會受傷。恐怕我這裡沒有可以跟無法喝光我的飲酒獸角、連隻家貓都舉不起來的人摔角。如果你想要摔角，我會讓你和我的老奶媽比賽。」

「你的奶媽？」索爾不可置信。

「對，她是年紀很大了。但從前是她教我摔角的，我懷疑她已經忘了。她的身體隨著年紀增長而萎縮，所以身高會跟你差不多。她很習慣和孩子們玩耍。」然後，他看見索爾臉上的表情，說：「她叫艾力，我看過她摔角時打敗看起來比你還壯的人。索爾，不要對你自己太有信心。」

「雖然我寧可跟你的人摔角，」索爾說。「但我願意跟你的老奶媽比一場。」

他們派人去找了老太太過來，而她也來了——虛弱無力、白髮蒼蒼、乾癟消瘦、滿布皺紋，彷彿只要一陣微風就能把她吹走。沒錯，她是巨人，但身高只不過比索爾高一些。她垂垂老矣的腦袋上的頭髮稀稀疏疏。索爾不禁納悶這位婦人的年紀到底有多大。她看起來比他見過的人都還年長。他不想讓她受傷。

他們面對面，站在一起。第一個將對方摜倒在地的人就算獲勝。索爾推了推老婦人，拉拉她、想要移動她、絆倒她、逼她倒下，但她很可能根本是石頭做的。從頭到尾，她以沒有顏色的年邁雙眼看著他，不發一語。

老婦人接著伸出手，輕撫索爾的腿。他的腿被她碰了之後似乎變得沒這麼有力，他回推、頂頂她，但她張開雙手抱住他，把他壓制到地上。他盡力推，但全是白費力氣，他很快就發現自己被迫單膝跪地……

「住手！」兀特嘉洛基。「偉大的索爾，我們已經看夠了。你連我的老奶媽都打不贏。我不認為我底下有任何人會願意和你摔角。」

索爾看看洛基，而兩人看著席奧維。他們坐在大火堆旁，巨人殷勤招待他們——食物美味，而且比起巨人獸角酒杯裡的蜂蜜酒，那飲料比較不鹹。但這三人在宴席上說的話比平常都少。

這夥人很安靜，也很尷尬；他們因為自己的失敗而低聲下氣。

他們在天亮時離開兀特嘉的城堡，國王兀特嘉洛基親自走在他們旁邊。

「怎麼樣？」兀特嘉洛基說。「你們在我家這段期間開心嗎？」

他們抬頭，沮喪地看著他。

「不怎麼開心，」索爾說。「我總是以我的力大無窮自豪，現在我覺得自己誰都不是。」

「我以為我跑得很快。」席奧維說。

「而我從未輸過任何一場吃東西大賽。」洛基說。

他們穿過那扇代表兀特嘉洛基領土盡頭的大門。

「你們知道嗎？」巨人說：「你們不是泛泛之輩，也的確有兩把刷子。老實說，假使我昨晚就知道我現在明白的事，就不會邀請你們來我家。現在，我則要確保以後再也不會邀請你們來。各位看，我用幻術騙了你們每一個人。」

三位旅人看著巨人，他低頭微笑看著他們。「你們記得斯克里米爾嗎？」他問。

「那個巨人嗎？當然記得。」

「那個人就是我。我用幻術讓自己看起來非常巨大，而且改變了我的容貌。我的糧食袋是用不會斷的鐵絲綁起來，而且只能靠魔法來解除。索爾，當你用鎚子敲我，而我假裝睡著時，我曉得就算是你最輕的一擊，我都必死無疑，所以我用魔法搬來一座山放在鎚子和我的頭之間，並且隱形起來。你們看那裡。」

遠處有座形如馬鞍的山，中間凹下一個谷：那是三塊方形的山谷，最後一塊是凹陷最深的。

「我就是用了那座山，」兀特嘉洛基說。「那些山谷是因你敲擊才形成的。」

索爾沒說話，但他的嘴脣抿得薄薄，鼻孔撐大，紅鬍子扎扎刺痛。

洛基說：「快告訴我昨晚在城堡的事。那也是幻術？」

「當然。你有沒有見過山谷裡冒出的野火？它將所經之地的一切都燒毀？你覺得你能吃得很快嗎？你吃東西的速度永遠都無法趕上羅基，因為羅基是火的化身，吞食物和木頭就是在燒東西。我從來沒看過有人吃東西跟你一樣快。」

洛基的綠眼閃爍著憤怒和崇敬，他喜歡巧妙詭計的程度就跟討厭遭人愚弄的程度一樣。

兀特嘉洛基轉而面對席奧維。「孩子，你認為你能跑得多快？」他問。「你思考的速度比跑步的速度快嗎？」

「當然，」席奧維說。「我思考的速度比什麼都快。」

「所以我才要你和胡伊比賽，而胡伊是思想。你跑多快都無所謂——席奧維，沒有一個人看過比你跑得還快的人——但即便是你，也無法跑得比思想更快。」

席奧維沒說話。他想說些什麼，想抗議或是問更多問題，但索爾開口，以低沉響亮的聲音說話，有如遠處高山上的雷聲迴響。「那我呢？我昨天到底做了什麼？」

兀特嘉洛基不再面露微笑。「是奇蹟，」他說。「你做出不可能的事。你一定意想不到，但那喝酒的獸角底端是海裡的最深處。你喝了很多，喝到足以使海平面下降、造出波浪；因為你的關係，索爾，海水將會持續漲與退。你沒有喝第四杯讓我鬆了口氣，因為你可能會把海水喝光。

「你試著舉起的貓並不是貓，那是米德嘉巨蛇耶夢加得，這條巨蛇圍繞在世界的中心。要抬起米德嘉巨蛇是不可能的事，但你卻做到了。當你將貓掌抬離地面，你甚至鬆開了盤繞成圈的牠。你記得你聽見的聲響嗎？那是大地移動的聲音。」

「老婦人呢？」索爾問。「你的老奶媽？她又是什麼東西變的？」他的聲音很溫和，但依舊握著他的鎚子握柄，而且是輕鬆自在地握著。

「那是艾力，也就是老年。沒人能夠打敗老年，因為最後她會帶走我們每一個人，使我們變得越來越虛弱，直到她將我們的眼皮永遠闔上——除了你。你和老年摔角，我們因你持續站立而讚嘆不已，即使她從你身上取走力量，你也只有單膝跪下。索爾，我們從未見過昨晚的事。從來沒有。

「而現在，我們試驗過了你們的力量，我們知道自己讓你們來到兀特嘉是多麼愚蠢的事。我未來打算保衛我的堡壘，要防禦堡壘最好的方式，就是確定你們沒有人能找得到或再見到兀特嘉，並且確保未來不管發生什麼事，你們沒有一個人會再回來。」

索爾將鎚子高舉過頭，但就在他來得及揮擊前，兀特嘉洛基已經消失了。

「你們看，」席奧維說。兀特嘉洛基的要塞已經消失得無影無蹤，連先前所在的地面都不見了。三名旅人現在正站在一處荒涼的平原上，毫無各種生命跡象。

「我們回家吧。」洛基說。然後他又開口：「那做得真好。運用一堆讓人拍案叫絕的幻術。我認為我們今天都學到了一課。」

「我會告訴我姊姊我和思考賽跑，」席奧維說。「我要告訴蘿絲珂娃我跑得很快。」

但索爾不發一語。他想著前一晚和老年摔角及喝海水的事。他想著米德嘉巨蛇。

長生不死的蘋果

I

這是另一回，三人一起去探索約頓海姆邊緣的高山荒原，那裡屬於巨人之地。這次的三人組是索爾、洛基和黑米爾。（黑米爾是一位年長的天神，他曾將理智做為禮物贈與人類。）

在這裡的高山很難找到食物，而三位天神飢腸轆轆，而且越來越餓。

他們聽見一些聲音——遠方牛群的叫聲。他們彼此互望，露出笑容——就像深知那晚會有東西吃的飢餓之人。他們來到綠色山谷，那是個充滿生氣的地方，巨大的橡樹和高聳的松樹圍繞在牧草地和溪流四周。他們看見一群壯碩肥滿的牛站在山谷草地上。

他們挖了一個坑，在坑裡生火燒木頭；他們宰了一頭牛，埋在滾燙的煤炭堆裡，等待食物烤熟。

他們把坑打開，但牛肉還是生的，而且血淋淋。

他們再次生火，再次等待。火堆的溫度卻再次讓人失望，牛肉連溫都沒溫。

「你們有沒有聽到什麼？」索爾問。

「什麼？」黑米爾說。「我什麼都沒聽到。」

「我聽見了，」洛基說。「仔細聽。」

他們豎起耳朵，確認無誤。某個地方有某個人在嘲笑他們，那個聲音很大，而且語氣似乎饒富興味。

三位天神看看身邊，但是山谷裡沒有別人，就只有他們和牛群。

然後洛基抬頭往上看。

有隻老鷹停在最高的一棵樹上最高的樹枝。他們從未見過這麼大的老鷹，堪稱是老鷹中的巨人，而牠正在嘲笑他們。

「你知道為什麼我們生的火煮不了晚餐嗎？」索爾問。

「我可能知道，」老鷹說。「我的天，你們看起來真的是餓壞了。你們為什麼不乾脆吃生肉呢？老鷹都這樣吃。我們用鳥喙把肉撕開，但你們沒有鳥喙，對吧？」

「我們肚子餓了，」黑米爾說。「你能不能幫我們煮晚餐？」

老鷹說：「在我看來，你們的火一定中了某種魔法，將熱和能量吸光。如果你們能答應我給我一些肉吃，我就替你們的火還原它原本的力量。」

「我們保證，」洛基說。「肉一烤好、讓我們大家都能吃的時候，你可以拿你的份。」

老鷹立刻繞著草地飛行，鼓動翅膀揚起大風，威力之強勁，坑裡的煤炭都起火燃燒。天神被迫緊抱住彼此才不會被風吹倒，然後老鷹回到原先停駐的樹上。

他們這次開心地把肉埋在火坑裡，他們等待。現在是夏季，太陽在北方大地幾乎不下山，日照永遠不停，所以現在是感覺仍像白天的深夜。在他們打開坑的時候，看到烤熟牛肉，聞到絕妙香氣，軟嫩可口。他們準備好要用刀和牙齒撕咬。

坑打開時，老鷹一飛而下，並且用爪子抓住牛的兩塊後腰肉以及一塊肩膀，開始用鳥喙狼吞虎嚥地撕碎牛肉。洛基非常生氣，因為他看到自己一大部分的晚餐就要被吃掉。他用長矛攻擊老鷹，希望能逼牠放掉搶去的牛肉。

老鷹用力拍打翅膀，產生一陣強風，那威力之大，幾乎讓三位天神站都站不住。牠把肉丟下，洛基沒有時間品嘗勝利，因為他發現扔擲出去的矛插中大鳥的側身，當老鷹飛進空中，便把洛基也一起帶走。

洛基想要放掉他的矛，但他的雙手卡在長矛握柄上，他無法放開。

老鷹飛得很低，所以洛基的雙腳在石頭、岩礫、高山和樹林拖行。這其中必有魔法，而這種魔法比洛基所能操控的更加強大。

「拜託你！」他大叫著。「快停止這一切！你快將我的兩隻手臂連根拔起來了。我的靴子也壞了。你簡直要了我的命！」

老鷹往上衝入山的一邊，輕快地在空中繞圈。他們與地面只隔了冷冽清爽的空氣。「搞不好我會殺了你。」牠說。

「不管要讓你放我下去得付什麼代價，」洛基喘氣說。「你要什麼都行。拜託。」

老鷹說：「我想要依登。我想要她的蘋果。能夠長生不死的蘋果。」

洛基高掛在空中。要下去還有一段長路。

依登是詩歌之神布瑞奇的妻子。她甜美溫柔，又很善良；她隨身帶著一個梣木做成的盒子，裡面裝滿了金蘋果。當天神感到身上出現老化跡象，頭髮變得灰白，或是關節疼痛，他們就會去找依登。她會打開盒子，讓來求助的天神吃顆蘋果。當天神吃下蘋果，青春力量又重回他們身上。沒有了依登的蘋果，天神就算不上是天神……

「你沒答腔。我認為——」老鷹說：「我得冉拖著你飛過岩石和高山山頂。或許我這次會讓你在深淵河流裡拖行。」

「我會替你拿到蘋果，」洛基說。「我發誓。放我下去吧。」

老鷹沒說話，但翅膀動了一下。牠開始往下飛，來到一處綠色草地，那裡正有火堆的煙冉冉上升。老鷹俯衝，降到索爾和黑米爾站的地方，他們在那裡目瞪口呆、抬頭往上看。當老鷹飛在火堆上空，洛基發現自己往下墜，手還抓著長矛，他滾在草地上。老鷹發出一聲梟叫，便振翅飛到他們上方，立刻成了天空上的一個小點。

「不知道剛才那是怎麼一回事。」索爾說。

「誰曉得呢？」洛基說。

「我們留了一點食物給你。」黑米爾說。

洛基已經胃口盡失。他的朋友歸因於他剛才在空中飛行之故。在他們回家的路上，沒有發生任何有趣或不尋常的事。

II

隔天，依登走在阿斯嘉，與眾神打招呼，仔細端詳他們的臉龐，看看是否有任何天神出現老化的跡象。她從洛基身旁走過。通常洛基都對她視而不見，但今天早上，他微笑以對，還向她打招呼。

「依登！看到妳真好！我覺得我有老化的跡象，」他告訴她。「我需要吃顆妳的蘋果。」

「你看起來沒老呀。」她說。

「那是我掩飾得好，」洛基說。「噢！我的背好痛。依登，變老真可怕啊。」

依登打開她的梣木盒，拿了一顆金蘋果給洛基。

他熱切地吃下蘋果，狼吞虎嚥，連皮帶籽吃得乾乾淨淨。然後做了個鬼臉。

「噢，老天，」他說。「我還以為妳……我以為妳有比這更好的蘋果。」

「你這話很奇怪。」依登說。從來沒有人這樣評價過她的蘋果。通常天神只會說味道有多麼完美，再次感覺年輕有多麼美好。「洛基，這些是眾神的蘋果。是讓人吃了長生不死的蘋果。」

洛基一臉不可置信。「也許吧，」他說。「但我在森林裡看到有些蘋果，在各方面都遠勝妳手上這些。看起來更漂亮、聞起來更香、吃起來更甜。我認為那些也是長生不死的蘋果。或許比起妳的蘋果是更好的長生不死藥。」

他看著依登臉上的表情一陣青一陣白——她無法置信、狐疑，然後擔憂。

「唯一的蘋果都在這裡了。」她說。

洛基肩膀一聳。「我只是把我看到的告訴妳罷了。」他說。

依登走在他旁邊。「這些蘋果在哪裡？」她問。

「就在那裡。我不確定我能不能告訴妳要怎麼去，但我可以帶妳穿過森林。這條路走起來不遠。」

她點點頭。

「但是當我們看見蘋果樹，」洛基說：「我們要怎麼拿它們跟妳放在阿斯嘉梣木盒裡的蘋果比較？我的意思是，我也可以說它們比妳的蘋果更棒，而妳會說，洛基，別鬧了，這些蘋果和我的比起來根本是皺巴巴的爛蘋果，我們要怎麼分辨？」

「別傻了，」依登說。「我會把我的蘋果帶去。我們要來比較。」

「喔，」洛基說。「真是個聰明的好主意。那麼，我們走吧。」

他帶著她進到森林，依登緊緊抱著那個裝著長生不死蘋果的梣木盒。

大約走了半小時，依登說：「洛基，我開始認為根本沒有別種蘋果，也沒有蘋果樹。」

「妳這樣說很不厚道，而且很傷人，」洛基說。「蘋果樹就在那座山丘上頭。」

他們走到山丘上。「這裡沒有蘋果樹，」依登說。「只有那棵高聳的松樹，上面停了一隻老鷹。」

「那是老鷹嗎？」洛基問。「似乎是很大的老鷹。」

老鷹彷彿聽見他們說話，伸展翅膀，從松樹上飛下。

老鷹說：「我不是老鷹，而是變身成老鷹的巨人席亞西，我來這裡是要帶走美麗的依登。妳將陪伴我的女兒絲卡蒂，或許妳會想辦法愛上我，但不管發生什麼事，阿斯嘉的天神再沒有多餘的生命，也不會長生不死了。就這麼定了！席亞西說是這樣就是這樣！」

牠以一腳的爪子抓著依登，另一腳抓住裝有蘋果的梣木盒，飛進阿斯嘉的上空，消失不見。

「原來是他啊，」洛基自言自語。「我就知道那不是普通老鷹。」他往回家的路上走，偷偷希望沒有人發現依登和她的蘋果都失蹤了。又或者，就算他們發現，也會經過很久才把依登的失蹤和洛基帶她去森林聯想在一起。

III

「你是最後一個看到她的人。」索爾邊說邊摩擦右手指節。

「不對，不是我，」洛基說。「你怎麼會說是我？」

「而且你還沒有像我們其他人一樣變老。」索爾說。

「我也老了，但我很幸運，」洛基說。「我掩飾得好。」

索爾嘟噥抱怨，根本就不相信他。他的紅鬍子現在是雪白一片，其中夾雜淺橘，宛如曾經燒得正旺的火變成白色灰燼。

「再揍他一次，」弗蕾雅說。她的一頭長髮變得灰白，臉上有深深的線條，盡顯疲態。她依舊美麗如昔，但卻是美麗的老太太，而非金髮青春少女。「他曉得依登的下落。而且他也知道蘋果在哪裡。」布麗心項鍊仍掛在她的脖子上，卻顯得黯淡，帶有汙損，沒有光澤。

奧丁身為眾神之父，他握著手杖，手指節節扭曲，得了關節炎，青筋暴露。他一向聲如洪鐘，氣勢懾人，現在卻嘶啞低沉。「索爾，別打他。」他用蒼老的聲音說道。

「看到沒？眾神之父，我就知道至少你是明理的，」洛基說。「我和這件事無關！為什麼依登要跟我走？她根本不喜歡我！」

「別打他，」奧丁又說了一遍，他用那隻正常但變成藍灰色的獨眼瞧著洛基。「我希望之後他受折磨時人還是完完整整。他們現在正在加熱火、磨利刀、收集石塊。我們或許老了，但仍可以折磨、殺死人，就跟我們處於壯年，或是有依登的蘋果使我們保持年輕時一樣。」

炙熱煤炭的味道飄進洛基的鼻子裡。

「如果……」他說。「如果我能想辦法查出依登發生了什麼事，而且……如果我能想辦法把她和蘋果一起安全帶回阿斯嘉，我們就可以把什麼折磨啊死亡的拋在腦後嗎？」

「這是你唯一活命的機會，」奧丁說，他的聲音蒼老嘶啞，洛基聽不出來這到底是老男人還是老婦人。「把依登帶回阿斯嘉——還有長生不死的蘋果。」

洛基點點頭。「把這些鍊子解開，」他對他們說。「我會去的。不過我需要用到弗蕾雅的隼毛斗篷。」

「我的斗篷？」弗蕾雅問。

「恐怕如此。」

弗蕾雅僵硬地走開，拿了一件滿是隼毛的斗篷回來。

洛基的鎖鍊解開了，他伸手去拿斗篷。「你別以為可以這樣一走了之，永遠都不回來，」

索爾說，意有所指地捻著白色鬍鬚。他說：「或許我老了，但假如你沒回來，不管你藏在哪裡，我都會把你找出來，我和我的鎚子會取你性命，因為我還是索爾！我依舊強壯！」

「你還一樣非常討人厭，」洛基說。「省省力氣，你可以用你的力量來製作一堆木屑，擺在阿斯嘉牆外——做一個超大的木屑堆，你要砍下很多樹，把它們統統削成薄木屑；我需要一個又長又高的木屑堆沿著牆邊擺，所以你現在應該好好去準備了。」

然後，洛基用隼毛斗篷緊緊包住自己，幻化成隼，拍動翅膀，衝入雲霄，飛得比老鷹還快，很快就消失身影，往北飛去，飛向冰霜巨人之境。

IV

洛基幻化成隼飛著，一路上都沒休息，直入冰霜巨人之地的深處。他飛抵巨人席亞西的城堡，停駐在高聳的屋頂上，觀察底下一切動靜。

他看著恢復巨人形體的席亞西緩緩走出城堡，穿越礫灘，來到一艘比最大的鯨魚還大的船。席亞西將船拖入北邊海洋的寒冷水域，用巨大的槳滑入海中。很快就消失了蹤影。

洛基以隼的樣子在城堡飛來飛去，飛過每一扇窗戶都往裡頭瞧。在最遠的房間，透過鐵窗，他看見依登坐在那裡哭泣。他停在鐵桿上。

「別再哭了！」他說。「洛基我來這裡拯救妳了！」

依登紅著眼眶，生氣地瞪著他。「就是你害我陷入麻煩。」她說。

「這個嘛，大概吧。但那是很久以前的事了。那個是從前的洛基，現在的洛基來這裡救妳，要帶妳回家。」

「你要怎麼救我？」她問。

「妳身上有沒有蘋果？」

「我是亞薩族女神，」她告訴他。「我人在哪，蘋果就在哪。」她把裝著蘋果的盒子給他看。

「這樣事情就簡單多了，」洛基說。「閉上眼睛。」

她閉上眼睛，他將她變成一顆帶殼的榛果，上面還有一點綠皮。洛基收緊鳥爪、抓住榛果、跳到窗戶上，到窗戶的欄杆之間，準備踏上回家的路。

席亞西這天捕魚的手氣很不順，沒有一條魚上鉤。他決定要好好利用時間，回到堡壘去向依登示好。他會嘲笑她、告訴她，說現在她人和蘋果都不在，天神都衰弱憔悴——流著口水、身體癱瘓、身軀顫抖、思考緩慢，身心都有殘疾。他划船回家，三步併做兩步去到依登的房間。

房間是空的。

席亞西看見地上有根隼的羽毛，他立刻知道依登去了哪裡，也知道是誰把她帶走。他躍入空中，變身為一隻大老鷹，比之前幻化的體型更加龐大。他開始拍動翅膀，越飛越快，朝阿斯嘉而去。

世界在他身下移動。風在他底下呼呼吹。他越飛越快，快到飛行的聲音都迴盪在空氣中。

席亞西繼續飛。他離開巨人之地，進入天神的領域。當席亞西瞧見飛在前頭的隼，立刻發出憤怒叫聲，加速前進。

阿斯嘉的眾神聽見尖銳的鳥叫和翅膀鼓動的巨大聲響，於是來到高牆上，想看看究竟發生什麼事。他們看見一隻小隼朝他們飛來，另有一隻巨大的老鷹緊跟在後。隼就快要飛到……

「現在嗎？」索爾問。

「就是現在。」弗蕾雅說。

索爾在木屑堆上點火。點燃的前一刻——時間足以讓隼從他們頭上飛過、進入城堡——然後「嘩」一聲，火焰熊熊燃燒，簡直像是瞬間爆發，一團火焰衝得比阿斯嘉的高牆還高。驚恐駭人，溫度之高，超乎想像。

幻化成老鷹的席亞西來不及停，無法減速，也無法改變方向。他飛入火焰之中，巨人的羽毛著火，翅膀尖端燒起來，變成一隻沒有羽毛的老鷹。他從高空往下摔落，發出「砰」一聲轟然巨響，墜下地面。那陣重擊連眾神的堡壘都為之搖動。

遭火灼燒、迷迷糊糊、錯愕又赤裸的老鷹連年邁的天神都打不過。在他將自己變回巨人之前，他早就受了傷，當他從老鷹變回巨人，索爾鎚子的一擊使席亞西永別人世。

V

依登很高興能與丈夫團聚。眾神吃下長生不死的蘋果，重新獲得青春。洛基希望此事到此為止。

但是還沒結束。席亞西的女兒絲卡蒂穿上盔甲、拿起武器，來到阿斯嘉要替父親報仇。

「我的父親是我的一切，」她說。「你們殺了他。他的死使我的生命充滿淚水與哀傷，我的生活裡沒有喜悅。我來這裡要復仇，或是得到補償。」

亞薩神族和絲卡蒂開始討價還價，談論賠償事宜。在從前的時代，每條生命都有一定的價值，席亞西的命非常值錢。當談判達成結論，眾神與絲卡蒂都同意她父親的死可讓她得到三樣補償。

首先，她會得到一位丈夫取代她死去的父親。（所有天神都很明白絲卡蒂看中最俊美的天神巴德爾。她不斷對他擠眉弄眼，盯著他瞧個沒完，看得他都轉過頭去，滿臉通紅，尷尬不已。）

第二，眾神要使她再度大笑。因為自從她的父親過世，她就再也沒有微笑或大笑過了。

最後，眾神要讓她父親永遠不會為人遺忘。

眾神讓她自己從他們之中挑選丈夫，但有一個條件：他們說，不可以光看臉來挑選。眾男神會站在一塊布幕後面，只露出腳來。絲卡蒂要從腳來挑選丈夫。

男神一個個走過布幕，絲卡蒂盯著他們的腳看。「腳好醜。」每一雙腳走過時她都這麼說。

然後她停下來，很高興地宣布——「這就是我未來丈夫的腳！」她說。「那是最美的一雙腳！一定是巴德爾的腳——巴德爾全身上下不可能有難看的地方。」

巴德爾的確很俊美，但絲卡蒂所挑選的那雙腳，在布幕拉起之後，卻發現屬於戰車之神、亦是弗雷與弗蕾雅的父親尼約德。

她當場就與他結婚。舉辦婚宴的時候，她的臉色是亞薩神族所見過最悲傷的一張臉。

索爾推了推洛基。「去啊，」他說。「讓她發笑。反正這全是你的錯。」

洛基嘆口氣。「真的嗎？」

索爾點點頭，意味深長地拍拍他的鎚子握柄。

洛基搖搖頭，然後走到外面圈養動物的柵欄，帶著一頭體型碩大、脾氣非常不好的公山羊回到婚宴上。洛基在山羊鬍子上緊緊綁了強韌的繩子，使得山羊更是大為光火。

洛基把繩子的另一頭綁在自己的私處。

他用手扯了繩子，山羊大叫，感到自己的鬍子被痛扯，於是牠往回拉；繩子用力拉扯洛基的私處，洛基尖叫，再次抓住繩索，用力扯回去。

眾神大笑——令眾神發笑不需大費周章，但這是他們這麼久以來看過最棒的笑話。他們下賭注看哪邊會先被扯下來——到底會是山羊的鬍子，還是洛基的私處。他們嘲笑尖叫連連的洛基。「跟晚上嚎叫的狐狸一樣！」巴德爾用大喊來掩飾他的笑聲。「洛基聽起來就是個愛哭鬼！」巴德爾的弟弟侯德咯咯笑個不停，他雖然雙眼全盲，但每次洛基尖叫，他依舊哈哈大笑。

絲卡蒂沒有笑，不過她的嘴角開始盪著微微笑意。每次山羊尖叫，或是洛基哀嚎得像個痛苦的小孩，她的笑容就變得更開朗了些。

繩子啪地一聲斷掉。

洛基衝入空中，緊抓著鼠蹊部，重重落在絲卡蒂的大腿上，受傷又唉唉叫個不停。

絲卡蒂大笑，笑得有如山崩；她開懷大笑，有如冰河崩裂。她哈哈大笑好久好久，笑到眼淚在眼睛裡閃爍。當她大笑時，第一次伸出手去捏緊她新婚丈夫尼約德的手。

洛基從她的大腿上爬下去，搖搖晃晃走開，邊走邊把雙手夾在雙腿之間，一副受盡委屈的模樣，狠狠瞪著所有笑得更大聲的眾神。

當婚宴結束，「那麼，結束了，」眾神之父奧丁對巨人之女絲卡蒂說。「或者該說，差不多了。」

他示意要絲卡蒂跟他一起走入夜裡，她和奧丁一起走到大殿外面，新婚丈夫陪在她身邊。在眾神替巨人的遺體所做的火葬堆旁擺了兩顆球狀物，裡面充滿光芒。

奧丁對絲卡蒂說：「這是妳父親的眼睛。」

眾神之父拿起這兩隻眼睛往上朝夜空一扔，雙眼並排、一起燃燒，閃閃發光。

仲冬時節的晚上，若抬頭看天空，你可以看見在空中的這對雙眼。這對雙子星所發出的光芒相互爭輝，那兩顆星星是席亞西的眼睛，它們至今依舊閃耀發光。

蓋絲與弗雷的故事

I

弗蕾雅的哥哥弗雷是最強大的華納族天神。他既英俊又高貴，是個戰士，也是情人。但他的生命中少了一樣東西，他不知道少了什麼。

在米德嘉的凡人敬重弗雷。他們說，弗雷創造了四季，弗雷使得田地變得肥沃，帶來了生與死。人們崇拜並敬愛弗雷，但這些無法填滿他內心的空洞。

弗雷盤點自己擁有些什麼：

他有一把劍，威力強大、不同凡響，能自己戰鬥。但這無法令弗雷滿意。

他擁有古倫布斯迪，這隻有著金色鬃毛的野豬，是由矮人兄弟布洛克和艾崔里所打造。古倫布斯迪替弗雷拉戰車，古倫布斯迪能在天空穿梭自如，在水面上行走，跑得比馬快。由於身上的金色豬鬃耀眼光亮，它甚至能在漆黑的夜裡奔跑。但古倫布斯迪無法滿足弗雷。

他擁有史基普拉尼，那是由三矮人、伊瓦第之子替他做的。這並不是有史以來最大的船。（最大的船是納勾法，這是一艘死亡之船，由死人未修剪過的指甲做成。）但它的空間寬廣，足以讓所有的亞薩神族登船。當「史基普拉尼」準備好揚帆啟程，永遠會一路順風，能帶你去到任何你要前往的地方。雖然只是第二大船，雖然能容納所有亞薩神族，雖然可以把史基普拉尼當成一塊布一樣折疊起來，放進自己的包包。這是最棒的一艘船。但史基普拉尼無法滿足他。

他擁有最棒的居所，不在阿斯嘉，而在奧弗海姆。那是光明精靈的住處，他在那裡總是受到歡迎，並被視為當地的統治者。沒有一個地方比得上奧弗海姆，但這仍舊無法滿足他。

弗雷的僕人史基尼珥是一名光明精靈。他是最優秀的僕人，能提出明智的建議，而且長相俊美。

弗雷吩咐史基尼珥去替古倫布斯迪套上挽具，他們一起出發前往阿斯嘉。

當他們抵達阿斯嘉，走向戰死逝者的殿堂瓦爾哈拉。在奧丁的瓦爾哈拉，住著恩黑里爾，意為「那些單獨作戰的人」，也就是開天闢地以來在戰爭中光榮戰死的人。女武神將他們的靈魂從戰場帶離，奧丁交付這些女戰士的任務，就是將光榮戰死、死於戰役的靈魂帶往他們的最終獎勵。

「這裡一定有很多像他們這樣的人。」史基尼珥說，他從來沒來過這裡。

「的確，」弗雷告訴他。「但還會有更多人來。當我們與巨狼對抗戰鬥，還會需要更多像這樣的人。」

當他們接近瓦爾哈拉四周的土地，看見各種年齡層、來自四面八方的強大戰士，他們在戰場上勢均力敵，身穿作戰時的戰袍，每一個人都盡全力奮戰。沒有多久，有半數人都死在草地上。

「夠了，」一個聲音喊道。「今天的作戰結束了！」

聽到這句話，還站著的人扶著死掉的人從庭園的地上站起來。當弗雷和史基尼珥注視他們，便見到他們的傷口癒合，爬上自己騎乘的馬匹。所有參與作戰的士兵（無論輸贏）都騎馬往瓦爾哈拉去，回到高貴亡者的殿堂。

瓦爾哈拉是座巨大殿堂，這裡有五百四十扇門，每一扇門可讓八百位戰士並肩通過，裡面的座位能容納更多的人，數量之大，令人無法想像。

在大殿裡，當宴席開始，所有戰士歡聲雷動。他們吃野豬肉，從巨大的鍋子裡用杓子舀出。這是賽倫姆尼爾野豬的肉，他們每天晚上享用這頭野豬的肉，每天早上，這頭凶猛的野獸又再度復活，準備在當天被殺，將自己的生命和軀體餵養給高貴的亡者。不論那裡有多少人，總是有足夠的肉可吃。

也有蜂蜜酒送來讓大家飲用。

「要拿這麼多蜂蜜酒給這麼多戰士喝，」史基尼珥說。「蜂蜜酒從哪裡來？」

「來自於一頭叫做黑祖魯的山羊，」弗雷告訴他。「牠站在瓦爾哈拉的上方，吃著稱為萊拉斯的樹葉，也就是世界樹伊革爪瑟的樹枝。黑祖魯的乳房分泌最上等的蜂蜜酒，永遠都有足夠的蜂蜜酒可以滿足每一位戰士。」

他們走到奧丁所坐的主桌。他的面前擺了一碗肉，但他一口都沒動。他有時拿刀戳一塊肉，彈到地上，他養的兩匹狼——蓋力和佛瑞奇——其中一隻會去吃。

奧丁的肩膀上站了兩隻烏鴉。當牠們在他耳邊低語遠方所發生的事，他也會拿碎肉給牠們吃。

「他沒有在吃東西。」史基尼珥小聲說。

「他不必吃，」弗雷說。「他喝東西。他只需要喝酒，僅此而已。來吧。我們這裡參觀完了。」

當他們走出瓦爾哈拉五百四十扇門中的其中一扇，史基尼珥問：「我們為何來這裡？」

「因為我想確定奧丁和他的士兵在瓦爾哈拉，而不是在他位於希利斯高夫的觀察座上。」

他們進入奧丁的大殿。「在這裡等著。」弗雷說。

弗雷單獨走進奧丁的大殿，爬上希利斯高夫王座。奧丁坐在上面，便能往外眺望，看見世界上發生的每一件大小事。

弗雷眺望各界。他往南、往東、往西看，都沒有看見他在尋找的東西。然後他往北方望去，看見他生命裡缺少的那一樣事物。

史基尼珥在門邊等候，當他的主人從大殿出來，臉上出現史基尼珥從未見過的表情，而史基尼珥因此感到害怕。

他們不發一語地離開此地。

II

弗雷駕著由古倫布斯迪所拉的戰車回到他父親的城堡。當他們抵達，弗雷沒有跟任何人說話。他沒向統領所有在海上航行之人的尼約德——也就是他的父親——說話，也沒有向掌管群山的繼母絲卡蒂說話。他板著一張如午夜般暗沉的臉，走進自己的房間，待在房裡。

第三天，尼約德喚來史基尼珥。

「弗雷已經在那裡待了三天三夜，」尼約德說。「他完全不吃不喝。」

「的確如此，這是真的。」史基尼珥說。

「我們做了什麼事讓他這麼生氣？」尼約德問道。「我的兒子向來性情溫和，說話也是敦厚明理，現在卻一句話都不說，只會憤怒地看著我們。我們做了什麼事弄得他這麼不高興？」

「我不曉得。」史基尼珥說。

「那麼，你一定要去找他，問問他發生什麼事，問他為什麼這麼生氣，為什麼不跟我們任何人說話。」尼約德說。

「我很不想，」史基尼珥說。「但是，殿下，我不能拒絕您的吩咐。他現在的心情詭異黑暗，我擔心我去問他，他會做出什麼不好的事。」

「去問他吧，」尼約德說。「盡你可能的去幫他。他是你的主人。」

光明精靈史基尼珥走到弗雷站著眺望海洋的地方。弗雷一臉陰暗憂愁，史基尼珥猶豫著是否要接近他。

「弗雷？」史基尼珥說。

弗雷沒開口。

「弗雷？發生什麼事了？你很生氣——還是很低落？有什麼事情發生了嗎？你得告訴我你發生了什麼事。」

「我受到懲罰，」弗雷說，聲音聽起來空洞冷漠。「我坐在眾神之父的神聖王座，我眺望世界，因為我的傲慢，因為我以為自己有權利坐在觀測座上，我的快樂永遠被剝奪，我為我的罪付出代價，我現在還在贖罪。」

「殿下，」史基尼珥說：「您看到了什麼？」

弗雷沉默，史基尼珥以為他又再度陷入煩惱。但過了一會兒之後，他說：「我望向北方，看見一戶人家，是一間華美的屋子。我看見一個女人往那間屋子走去，我從來沒見過像她一樣的女人。沒有人長得像她；沒有人像她那樣走路，當她舉起雙臂，似乎照亮了空中、點亮海水；因為有她，全世界變得更加明亮美麗。然後，當我轉開視線，我就再也看不見她。我的世界變暗，失去希望，變得空虛。」

「她是誰？」史基尼珥問。

「一名巨人。她的父親是大地巨人蓋密爾，母親則是高山巨人奧爾柏莎。」

「這位美人可有名字？」

「她名叫蓋絲。」弗雷再度沉默不語。

史基尼珥說：「您的父親很擔心您，我們所有人都很擔心您。有沒有什麼事是我能做的？」

「假如你能去找她，向她求婚，我願意付出一切。不論她的父親說什麼，我沒有她就不能活。將她帶回來到我身邊，讓她成為我的妻子。我會好好酬謝你。」

「殿下，您這要求很大。」史基尼珥說。

「我會付出一切。」弗雷激動且熱切地說，全身顫抖了一下。

史基尼珥點點頭。「殿下，我會去進行。」他遲疑了一下。「弗雷，我可以看您的劍嗎？」

弗雷拿出他的劍，交給史基尼珥檢視。「世上沒有像這樣的一把劍。手不用握，這把劍就能自己戰鬥。它會永遠保護你，無論對手力量多麼強大，沒有其他劍能穿透它的防禦。據說這把劍甚至能抵擋火炎惡魔佘特的火焰劍。」

史基尼珥聳聳肩膀。「這是一把好劍。假如您希望我將蓋絲帶來給您，這把劍就是我的報酬。」

弗雷點頭同意。他把劍交給史基尼珥，也給了他一匹馬。

史基尼珥一路往北前行，終於抵達蓋密爾的家。他以賓客的身分進入屋內，並解釋自己的身分，以及誰派他前來。他把自己主人弗雷的事告訴美麗的蓋絲。「他是最傑出顯赫的天神，」他告訴她。「他統治雨、天氣和陽光，他賜與米德嘉人民豐收以及平和的日夜；他看顧人類的繁榮和富足，所有人都敬愛、崇拜他。」

他告訴蓋絲關於弗雷的美貌及力量，他告訴她弗雷的智慧，最後他告訴她弗雷對她懷抱的愛意，以及他如何因為看到她的身影而心痛，茶不思飯不想，除非她同意成為他的新娘。

蓋絲面露微笑，眼裡閃爍喜悅。「告訴他，我答應，」她說。「從現在算起九天後，我會在貝瑞島與他相會，並舉行婚禮。去告訴他吧。」

史基尼珥返回尼約德的居所。

在他從馬上下來之前，弗雷已經來到他旁邊，比起他出發前更加蒼白憔悴。「有什麼消息？」他問。「我要開心還是絕望？」

「從現在算起的九天後，她會在貝瑞島接受你成為她的丈夫。」史基尼珥說。

弗雷毫無喜色地看著他的僕人。「生命裡沒有她的夜晚永無止境，」他說。「一晚如此漫長，兩晚甚至更久，我要怎麼撐過三晚？四天對我來說就像一個月，你以為我能等上九天？」

史基尼珥憐憫地看著自己的主人。

從那天起的九天後，在貝瑞島，弗雷與蓋絲第一次見面。他們在隨風搖曳的大麥田裡結婚，她就如他夢裡一般美麗。她的撫摸、親吻，正如他希望的一樣美好甜蜜。他們的婚禮得到祝福，據說他們的兒子弗悠尼爾後來成為瑞典第一位國王。（日後，他將在某天深夜因為摸黑尋找小解的地方，淹死在裝著蜂蜜酒的酒桶裡。）

史基尼珥拿了先前答應要給他的劍——弗雷那把能自己作戰的劍。他帶著這把劍回到奧弗海姆。

美麗的蓋絲填補了弗雷生命的空洞、心裡的空洞。弗雷不想念他的劍，也沒找一把新的劍來取代。當他與巨人貝里戰鬥，他用公鹿鹿角殺死他。弗雷力大無窮，能夠赤手空拳殺死巨人。

即便如此，他不該將他的劍送人。

諸神的黃昏即將來臨。當天空撕裂成碎片、穆斯卑爾的黑暗力量出發參戰，弗雷將會希望這把劍仍在他身上。

黑米爾與索爾的釣魚冒險記事

眾神來到埃伊爾位於海洋邊緣的超大房子。「我們到了，」率領眾神的索爾大喊。「辦一桌招待我們！」

埃伊爾是最偉大的海洋巨人，瀾是他的妻子，她有一張網子，用來收集在海裡淹死的人。他的九個女兒是海裡的波浪。

埃伊爾不想餵飽眾神，但也不想和他們起衝突。他注視著索爾的眼睛，說道：「我會設宴款待各位，而且會是你們參加過最棒的宴席。我的僕人菲默分會殷切招待你們每個人，你們的胃能裝得下多少，他就會拿多少食物給你們；你們能喝多少，就拿多少啤酒來。我只有一個條件：我會舉辦宴會，但你們得先拿一個大鍋來給我——而且必須能釀造給所有人喝的啤酒。你們人這麼多，而且個個胃口好得不得了。」

埃伊爾很清楚眾神沒有這種鍋子。沒有鍋子，他就不必辦宴會招待他們。

索爾尋求其他天神的建議，但他請教的每一位天神都認為世上根本沒有這種鍋子。最後，他問了戰役之神——戰神提爾。提爾用左手——也是他唯一的手搔搔下巴。他說：「世界之海的邊緣住著巨人之王黑米爾，他擁有一個三英里深的鍋子。這是有史以來最大的鍋子。」

「你確定嗎？」索爾問。

提爾點點頭。「黑米爾是我的繼父，他娶了我的母親為妻，」他說。「她是個巨人，我親眼見過這世界上最大的鍋子。身為我母親所生的兒子，黑米爾家裡會歡迎我去。」

提爾和索爾爬上索爾的戰車，名為咆哮和磨牙的兩頭羊拉著戰車，他們很快便去到黑米爾的巨大城堡。索爾將兩隻羊綁在樹上，兩人便往屋裡走去。

廚房裡有一名女巨人，正切著和巨石一樣大的洋蔥，還有和船一樣大的高麗菜。索爾忍不住盯著她看。這老婦人有九百顆頭，從外貌來看，一顆比一顆醜，一顆比一顆恐怖。他後退一步。就算提爾感到不安，他也沒有表現出來。提爾大聲喊道：「祖母您好。我們來這裡是想問，能不能借用黑米爾的鍋子來釀啤酒。」

「這些個小不點！我還以為你們是老鼠呢，」提爾的祖母說。她說話的時候聽起來像是一大群人在吼叫。「孫子啊，你這事別跟我說。你該跟你母親說去。」

她喊道：「我們有客人！妳兒子來了，還帶了一個朋友，」很快地，另一名女巨人走了進來。這位是黑米爾的妻子、提爾的母親。她身穿金色的衣服，容貌美若天仙，與她的婆婆一樣令人震懾。她拿來兩個最迷你的巨人頂針，裡面裝滿了啤酒。索爾和提爾抓住水桶大小般的頂針，暢快地喝起啤酒。

這是風味絕佳的啤酒。

女巨人問了索爾的名字。就在索爾正準備開口告訴她的時候，提爾說：「母親，他叫做威爾，他是我的朋友，黑米爾和巨人的敵人也是他的敵人。」

他們聽見遠處傳來的隆隆聲，有如山峰上的雷響或山崩，或是巨浪使勁打在海岸上。每一次隆隆響，大地就為之撼動。

「我先生快回來了，」女巨人說。「我聽見他從遠處傳來的溫柔腳步聲。」

隆隆聲變得更清楚，而且似乎快速接近。

「我先生回家的時候常常脾氣不好，容易生氣又情緒不穩，他對待客人很粗魯，」女巨人警告他們。「你們要不要乾脆先躲在水壺底下？先待在那裡，等他心情好了再出來？」

她將他們藏在廚房地板的水壺底下。下面漆黑一片。

地面搖動，門「砰」一聲甩上，索爾和提爾知道黑米爾一定到家了。他們聽見女巨人告訴先生說有訪客，是她的兒子和朋友，他必須展現他最好的一面，當一個親切的主人，而且不要殺了他們。

「為什麼？」巨人嗓門大，講話沒耐性。

「小的那個是我們的兒子提爾，你記得他吧。大的叫做威爾。對他親切一點。」

「索爾？我們的敵人索爾？那個殺了最多巨人的索爾？那個我發誓哪天遇上一定會殺了他的索爾？那個索爾——」

「是威爾，」他的妻子說，安撫著他，要他冷靜下來。「不是索爾，是威爾。他是我們兒子的朋友，你的敵人也是他的敵人，所以你得對他好一點。」

「我現在心情惡劣，火大得不得了，我不想對任何人好，」巨人粗聲粗氣說。「他們躲在哪裡？」

「喔，就在那根柱子後面。」他的妻子說。

她所指的柱子被打斷時，索爾和提爾聽見東西砸碎的聲音，接著又是一連串乒乒砰砰、東西破掉的聲音，一個接一個，廚房裡所有水壺全都從天花板被打到地上，摔個精光。

「你摔東西摔完沒？」提爾的母親問。

「我想差不多了。」黑米爾不情願地說。

「那麼就看看水壺底下，」她說。「地板上那個你還沒打壞的。」

提爾和索爾躲著的水壺被拿起來，他們發現自己一抬頭就看著一張大臉，五官因生悶氣而扭曲、皺眉。索爾曉得這位就是巨人之王黑米爾。他的鬍子有如仲冬冰雪覆蓋的樹林，眉毛有如長滿薊的野地，口氣就如沼澤裡的堆肥一樣惡臭難聞。

「哈囉，提爾。」黑米爾說，沒有一點熱情。

「您好，父親。」提爾說，他的語氣更冷漠——如果真有可能的話。

「歡迎你們兩位加入我們、共進晚餐，當我們的客人。」黑米爾說。他拍拍雙手。

大廳的門打開，一頭巨牛被領了進來。牛的毛皮發亮，雙眼明朗，牛角鋒利。後面跟著另一頭更漂亮的牛，最後進來的牛甚至比前兩隻更漂亮。

「這是目前世上最棒的牛，比起米德嘉或阿斯嘉的動物更大更肥美。」黑米爾坦言：「我非常以我的牛群為傲，牠們是我的寶貝，是我的心頭好。我把牠們當自己的小孩一樣對待。」他憂愁滿面的臉似乎一度柔和。

有九百顆頭的祖母殺了這三頭牛，去皮之後，扔進超級大鍋裡烹煮。鍋子沸騰，咕嚕咕嚕響，底下爐火正旺，劈哩啪啦，她用一根和橡樹一樣大的湯匙攪拌。邊煮邊靜靜一個人哼歌，聲音有如一千位老婦同時以最高昂的嗓音歌唱。

菜肴很快就準備好了。

「你們是客人。不要客氣，從鍋裡盡量吃。」黑米爾豪氣地說。反正陌生人個頭小，他們能吃得了多少？畢竟，這三頭牛體型巨大。

索爾說他不會客氣，一個人逕自吃了兩頭牛，一頭接一頭，全吃得精光，只留下啃到一乾二淨的骨頭。然後他心滿意足地打飽嗝。

「威爾，那分量可不少，」黑米爾說。「本來是要讓我們吃好幾天的。我想我從來沒看過有巨人能一次吃我兩頭牛。」

「我很餓，」索爾說。「而且我吃得有點昏頭了。這樣吧，我們明天要不要一起去釣魚呢？我聽說你的釣魚功夫了得。」

黑米爾非常以自己的釣魚技巧為傲。「我的釣魚技巧一流，」他說。「我們一出手，明天的晚餐就有著落。」

「我的釣魚技巧也不賴。」索爾說。他以前從沒釣過魚，不過這又會有多難呢？會難到哪裡去呢？

「明天一早在碼頭上碰面。」黑米爾說。

那天晚上，在大臥室裡，提爾對索爾說：「我希望你知道自己在做什麼。」

「我當然知道。」索爾說。但他其實不知道。他只是照著自己的感覺去做。索爾最擅長的就是跟著感覺走。

在日出前的灰濛光線下，索爾和黑米爾在碼頭會合。

「小威爾，我要警告你，」巨人說：「我們可是要去到遙遠的冰冷水域。我會划到天寒地凍的地方，而且一直待在外面，久到像你這樣的小傢伙活不了。你的鬍子和頭髮會結成冰棒，會冷得全身發紫。你大概會沒命吧。」

「我不擔心，」索爾說。「我喜歡冷。能振作精神。我們要用什麼當餌？」

「我已經準備好我自己的魚餌了，」黑米爾說。「你得去找你自己用的。你可以在牛場上找找看。畢竟又大又肥美的蛆都在牛糞裡。你在那裡想拿什麼就帶來吧。」

索爾看著黑米爾。他很想用自己的鎚子去打黑米爾，但那樣做的話，他永遠都拿不到鍋子，他不可能不大戰一場。他走回岸邊。

草地上站著黑米爾美麗的牛群。地上有一大堆牛糞，肥大的蛆在裡面扭動、鑽進鑽出，但索爾統統避開。他反而走到最碩大、最雄壯、最肥美的公牛前，掄起拳頭，重重打在公牛的兩眼之間，使牠立即斃命。

索爾扯下牛頭，放進自己的袋子裡，帶著一起出海。

黑米爾在船上。他已經解開纜繩，把船划出海灣外。

索爾跳入冰冷的水裡游出去，把袋子放在後面拖行。他用凍僵的手指抓住船尾，接著撐起來，把自己弄上船，海水從他身上滴滴答答落下，他的紅鬍子上結了一層冰霜。

「啊，」索爾說。「真有意思。沒有什麼比得上在冷冰冰的早上好好游個泳了。」

黑米爾不發一語。索爾拿起另一副船槳，兩人開始一起划船。很快就看不見陸地，只有他們孤伶伶在北海上。風聲呼嘯而過，海鷗發出刺耳叫聲。

黑米爾停止划船。「我們要在這裡釣魚。」他說。

「這裡？」索爾問。「我們根本都還沒到海上呢。」他拿起船槳，開始自顧自地帶著兩人往更深的水域划去。

船在海浪上漂動。

「住手！」黑米爾以低沉又洪亮的聲音說。「這片水域很危險。可能會碰到米德嘉巨蛇耶夢加得。」

索爾停止划船。

黑米爾從船底拿起兩條大魚，用自己鋒利的小刀把魚開腸剖肚，將內臟扔入海裡，然後將魚插入釣魚線上的魚鉤。

黑米爾將裝好魚餌的釣魚線垂入海裡，等到釣魚線在他手裡突然急促抽動，他就把釣魚線整個往上拉：上頭掛著兩隻巨大的鯨魚，是索爾所看過最大的。黑米爾得意地露出笑容。

「不賴嘛。」索爾說。

他從袋子裡拿出牛頭。當黑米爾看見他心愛的牛死透了的眼睛，整張臉僵住了。

「我從牛場找來了魚餌。」索爾補充。黑米爾的大臉上閃過驚嚇、恐懼、憤怒等各種情緒，但他什麼話都沒說。

索爾拿起黑米爾的釣魚線，把牛頭硬刺在鉤子上，將釣魚線連同牛頭拋入海裡。他感覺著餌沉入海底。

他等待。

「釣魚呢，」他對黑米爾說。「一定就是在學習耐性。有點無聊對吧？不知道我能釣到什麼當晚餐。」

然後海水劇烈噴發。米德嘉巨蛇耶夢加得已經咬下大牛頭，魚鉤深深插進牠的上顎，巨蛇在海裡扭動，試圖掙脫。

索爾拉住魚線。

「牠要把我們拖下去！」驚恐的黑米爾以洪亮的聲音說。「放開釣魚線！」

索爾搖頭。他拉緊釣魚線，決心要繼續拉著不放。

雷神的雙腳用力踏破船底，用海底來支撐自己，開始將耶夢加得拉到船上。

巨蛇朝他們噴出一口黑色毒液。索爾閃開，毒液沒有噴到他。他繼續拉。

「你這個笨蛋，這是米德嘉巨蛇！」黑米爾大吼。「快放開釣魚線！不然我們兩個都會沒命的！」

索爾沒說話，只是雙手交替繼續把釣魚線往船上拉，雙眼直盯著他的敵人。當海浪怒吼、海風呼嘯、巨蛇拚命甩動嘶叫，「我會殺了你，」他輕聲對巨蛇說。「要不然你大概會殺了我。我敢發誓。」

他是低聲說出這句話，但他很確定米德嘉巨蛇聽到了。牠雙眼盯著他，又噴出一口毒液，非常接近索爾，他幾乎能在空中舔到氣味；毒液噴灑在他的肩膀上，碰到的地方紛紛灼傷。

索爾只是大笑，又繼續拉。

索爾似乎感覺到黑米爾在某個遙遠地方喋喋不休、不停抱怨、鬼吼鬼叫，吵著說那隻大蛇怪怎樣怎樣、說海水如何從船底的洞迅速灌進來、他們兩人會死在冰冷的海裡；說他們離乾燥的陸地很遙遠。索爾不在乎這一切。他與巨蛇纏鬥，玩弄著牠，讓牠因為被又甩又拉而筋疲力盡。

索爾開始將釣魚線往回拉到船上。

米德嘉巨蛇的蛇頭幾乎就快進入攻擊範圍。索爾沒有移開視線，他的手往下伸，手指已經握住鎚子。他知道鎚子頭要打到哪裡才能使巨蛇一命嗚呼。只要再拉一下釣魚線——

黑米爾的小刀一閃，釣魚線被切斷了。巨蛇耶夢加得豎立起來，高過船身，然後滾入海裡。

索爾將鎚子扔向巨蛇，但怪物早就溜掉了，消失在冰冷灰濛的水域裡。鎚子返回，索爾抓住鎚子。他將注意力放回正在下沉的漁船。黑米爾焦急萬分地將船底的水往外舀。

黑米爾舀水，索爾將船往岸邊划回去。黑米爾先前捕獲的兩條鯨魚掛在船頭，使得這艘船比平常難划許多。

「岸邊就在那裡，」黑米爾喘著氣。「但我家在許多英里之外。」

「我們可以在這裡上岸。」索爾說。

「假如你願意把這艘船、我和我抓到的兩隻鯨魚一路搬回我家。」黑米爾筋疲力竭地說。

「嗯，好吧。」

索爾跳到漁船另一邊。幾分鐘後，黑米爾感到船在上升。索爾一口氣全揹在背上——船、船槳、黑米爾和鯨魚——沿著海洋邊緣的礫灘回去。

當他們回到黑米爾的住所，索爾將船放在地上。

「好了，」索爾說。「我照你的要求把你帶回家了。現在我要請你回報我一樣東西。」

「什麼東西？」黑米爾問。

「你的鍋子，你那口釀啤酒用的大鍋。我想借用。」

黑米爾說：「你是一個力大無窮的漁夫，也能奮力划船。但你要的可是世上最好的釀酒壺，在裡頭釀造出的神奇啤酒是最棒的啤酒。我只借給能把我酒杯打破的人。」

「聽來不會很難。」索爾說。

他們那天晚上吃了烤鯨魚肉當晚餐，在一個塞滿多名巨人的大廳中，所有人大吵大鬧、開開心心，大部分的巨人都喝醉了。在他們吃完飯後，黑米爾喝乾他酒杯裡最後一滴酒，叫大家安靜。然後他將杯子交給索爾。

「砸碎，」他說。「把這個杯子砸碎，我用來釀啤酒的鍋子就當作是我送你的禮物；失敗的話，就殺了你。」

索爾點點頭。

巨人停止說笑唱歌。他們謹慎地看著他。

黑米爾的堡壘是以石頭建成。索爾拿來酒杯，以雙手高舉，然後用盡他所有力氣將酒杯砸在一根支撐宴會廳屋頂的花崗岩柱——傳來一陣刺耳的破碎聲，空中滿是遮蔽視線的灰塵。

當塵埃落定，黑米爾起身，走到花崗岩柱剩下的部分：杯子穿過第一根柱子，接著又穿過第二根柱子，將兩根石柱打斷。酒杯就在第三根石柱的碎石堆裡，沾了一點灰，但完好無缺。

黑米爾將酒杯高舉在頭上，巨人歡呼大笑，對索爾做鬼臉，還比出粗魯的手勢。

黑米爾再度在桌邊坐下。「看到了嗎？」他對索爾說。「我認為你的力氣沒有大到能摔壞我的酒杯。」他舉起杯子，他的妻子倒入啤酒。黑米爾唏哩呼嚕喝了一口。「這是你喝過最好喝的啤酒，」他說。「老婆，替你的兒子和他的朋友威爾倒酒，讓他們嘗嘗看最好喝的啤酒，可憐吶，他們無法帶著我的鍋子一起回家，可憐他們再也喝不到這麼好的啤酒；還有，他們一定會很難過，因為我現在得殺了威爾，因為我的杯子依然完好無缺。」

索爾在餐桌旁，坐在提爾旁邊，拿起一塊烤好的鯨魚肉，忿忿不平地嚼著。巨人鼓譟喧譁，現在完全不把他放在眼裡。

提爾的母親靠過來替索爾的酒杯倒滿啤酒。「你知道的，我的先生頭很硬。他這個人硬頭硬腦。」她靜靜地說。

「別人也這樣說我。」索爾說。

「不是，」她說，口氣彷彿是在跟小小孩說話。「他的頭非常堅硬。硬到足以打破最堅固的杯子。」

索爾將啤酒一飲而盡。這真的是他喝過最好喝的啤酒。他站起來，走向黑米爾。「我可以再試一次嗎？」他問。

大廳的巨人聽到這個要求，哄堂大笑，而黑米爾笑得最大聲。

「當然行。」他說。

索爾拿起酒杯。他面對石牆，舉起酒杯一次、兩次——然後迅速轉身，將杯子朝黑米爾的前額砸下去。

敲破的酒杯碎片一片片落在黑米爾的大腿上。

大廳裡靜悄悄，一陣奇怪的抖動聲劃破寂靜。索爾環顧四周，想知道是什麼聲音，然後他轉過身，看見黑米爾的肩膀顫抖。巨人在哭，他大聲啜泣。

「我最棒的寶物再也不屬於我了，」黑米爾說。「我以前都能叫它替我釀啤酒，然後鍋子就會神奇地釀造出最棒的啤酒。我再也不能說『我的鍋子，替我釀造啤酒吧』這句話了。」

索爾不發一語。

黑米爾看著提爾，苦澀地說：「繼子，如果你要的話，就拿去吧。這鍋子又大又重。需要十二個以上的巨人才抬得動。你認為你夠壯嗎？」

提爾走到鍋子旁。他試了一次、兩次，但就連對他而言這鍋子都太重了。他看著索爾。索爾聳聳肩，抓住鍋子邊緣，把鍋子翻過來，這樣他就能縮進鍋子裡面。把手在他腳下碰撞出聲。

鍋子接著開始移動，而索爾在裡面。鍋子朝門而去，整個大廳裡的巨人都目瞪口呆地盯著看。

黑米爾不再哭泣。提爾抬頭看他。「謝謝您的鍋子。」他說。然後讓移動的鍋子一直夾在他與黑米爾中間，慢慢往外移動。

索爾與提爾一起離開城堡，將原先拴住的山羊鬆開，爬上索爾的戰車。索爾的背上還揹著鍋子，兩隻山羊盡力奔跑。即便還有巨人厚重的鍋子要拖，咆哮還是跑得又好又快。然而，磨牙跛腳，腳步踉蹌。牠的一隻腿因為少了骨髓而斷過，索爾治好了牠，但這隻羊再也不像以前一樣強壯了。

磨牙邊跑邊發出痛苦的叫聲。

「我們不能再跑快一點嗎？」提爾問。

「我們可以試試看，」索爾說，他鞭打兩隻羊，牠們跑得更快了。

提爾回頭一望。「他們來了，」他說。「巨人追來了。」

他們的確來了。黑米爾殿後，催促他們前進。那裡所有的巨人、一群多頭大巨人、荒原巨人。外貌個個畸形，危險致命。那是一支巨人軍隊，全都亟欲將鍋子搶回去。

「再快一點！」提爾說。

就在此時，名叫磨牙的山羊跑得東倒西歪，並且跌倒了，將兩人摔出戰車外。

索爾搖搖晃晃站起來。然後將鍋子摔在地上，開始大笑。

「你在笑什麼？」提爾問。「後面有好幾百個巨人。」

索爾舉起他的妙爾尼爾鎚。「我沒抓到巨蛇，沒機會把牠宰掉，」他說。「這次沒成，但是一百個巨人也算是個補償。」

索爾有條不紊、慷慨激昂，一個接一個殺死了荒原的巨人，大地因他們的鮮血而被染黑、染紅。提爾僅有單手奮戰，但也英勇對抗，殺死了由他負責的那部分巨人。

等他們殺完，所有巨人都死了，索爾蹲在受傷山羊磨牙旁邊，幫牠站起來。山羊走路時一跛一跛，索爾不禁咒罵洛基，因為他的山羊會跛腳全是洛基的錯。黑米爾沒有被殺死，提爾鬆了一口氣，因為他不想讓他的母親更傷心。

索爾把鍋子拿回阿斯嘉，前去眾神的集會。

他們帶著鍋子去找埃伊爾。「拿去吧，」索爾說。「這口鍋子釀造的酒夠我們所有人喝了。」

海洋巨人嘆口氣。「這的確符合我的要求，」他說。「很好，我將在家裡舉辦秋天饗宴，款待眾神。」

他信守承諾。自從那時，每年到了豐收的時候，在秋天時分，眾神就在海洋巨人的住所裡啜飲世界上絕無僅有、最好喝的啤酒。

巴德爾之死

I

世上沒有一樣東西不熱愛太陽。太陽給予我們溫暖和生命，融化了冬天凜冽刺骨的冰雪；使植物生長、花朵綻放；太陽給予我們漫長的夏夜，黑暗永不來臨。太陽將我們從仲冬的酷寒裡拯救出來。冬季時節，只有幾個鐘頭的時間黑暗會被打破，而太陽寒冷遙遠，猶如死屍的眼睛般灰白黯淡。

巴德爾的臉有如太陽一般閃耀。他俊美無比，照耀他踏入的每一處。巴德爾是奧丁的第二個兒子，不但深得他父親的喜愛，也深受萬物喜愛。在整個亞薩神族之中，他最有智慧、性格最溫和、口才也最好。他做出仲裁，所有人都為他的智慧及公正所折服。他的家，是稱為布瑞沙布立克的大房子，是個充滿喜悅、音樂和知識的地方。

巴德爾的妻子是娜娜，她是他唯一的摯愛，兩人育有一子，取名佛賽帝。他長大成為像父親一樣睿智英明的評判。巴德爾的生活或世界沒出過任何差錯，只除了一件事。

巴德爾一直做噩夢。

他夢到所有世界都結束毀滅，夢見一隻巨狼吞噬了日與月；他夢見無止境的痛苦和死亡，他夢見黑暗、夢見絕境。在他的夢裡，兄弟之間彼此殘殺，眾人不相信彼此。在他的夢裡，一個新的時代會降臨在世上。那是個腥風血雨的時代。巴德爾從這些夢境醒來，不停流淚，萬分煩惱，難以言喻。

巴德爾拜訪眾神，將自己的噩夢告訴他們。沒有人能理解他的夢境，他們也同樣困惑不安，除了一個人之外。

當洛基聽說巴德爾談論他做的噩夢，露出微笑。

奧丁出發遠行，想找出兒子做夢的原因。他穿上灰色斗篷，戴上寬邊帽。當人們問起他的名字，他自稱是遊子，乃是戰士之子。沒有人知道要怎麼回答他的問題，但他們告訴他，有位先知，她是一位睿智的女人，了解所有的夢境。他們說，她可以幫助他，但她很早就死了。

睿智女人的墓地就位在世界的盡頭。越過那裡、往東之處，乃是非戰死的亡者之境，那裡由海爾統治。海爾是洛基與女巨人安格玻莎所生之女。

奧丁往東前行，到了墓地之後便停下來。

眾神之父是亞薩神族中最有智慧的人，他為了獲得更多智慧而獻出自己的一隻眼睛。他站在世界盡頭的墓地旁，而他在那裡施法召念最黑暗的盧恩符文，召喚已為人遺忘的古老力量。他焚燒東西，說了些話；他施了咒術，並且召喚、呼喊。暴風打在他臉上，然後風漸停，一名女子站在火堆的另一邊，面對著他。她的臉出現在陰影裡。

「從亡者之境返回這裡，這趟旅程很辛苦，」她對他說。「我被埋在這裡很久了。雨和雪不斷落在我身上。召喚我的人，我不認識你。他們怎麼稱呼你？」

「大家叫我遊子，」奧丁說。「戰士是我的父親。告訴我冥界的消息。」

死去的睿智女人盯著他看。「巴德爾就要來到我們身邊，」她告訴他。「我們替他釀造蜂蜜酒；絕望將會籠罩上面的世界，但在死人的世界，將會歡天喜地。」

奧丁問她誰會殺了巴德爾，她的答案令他震驚；他問誰會替巴德爾的死復仇，她的答案令他困惑；他問誰會替巴德爾哀悼，她在自己墓地，凝視站在對面的他，彷彿是第一次好好看著他。

「你不是遊子，」她說。她死寂的眼眸突然一閃，臉上浮現一種表情。「你是奧丁，在很久以前拿自己獻祭。」

「妳也不是睿智女人。妳在世時是安格玻莎，是洛基的情人，是海爾、米德嘉巨蛇耶夢加得以及巨狼的母親。」奧丁說。

死去的女巨人面露微笑。「小奧丁，快騎馬回家吧，」她對他說。「快跑，跑回你的大殿去。現在沒人會來看我，等到我的丈夫洛基從束縛掙脫、返回我身邊，然後是諸神黃昏，也就是眾神的滅亡之日來臨，將一切化為碎片。」

然後那裡便什麼都沒有了，只剩下黑影。

奧丁帶著沉重的心情，還有許許多多需要思考的事離開。即便是神也無法改變命運，假如他要拯救巴德爾，必須要用詭計來進行，而他需要幫助。還有，死去女巨人說的另一件事讓他心煩不已。

「為什麼她提到洛基要掙脫束縛？」奧丁納悶。「洛基沒有被綁起來。」然後他想到——「這件事只是還沒有發生而已。」

II

奧丁沒有把自己的想法告訴別人，但他告訴了妻子，亦即眾神之母芙瑞嘉。他告訴她巴德爾所做的夢是真實的，還有有人會想傷害他們鍾愛的兒子。

芙瑞嘉思考著。她一如以往那樣實際，說：「我不相信。我絕不相信。沒有事物會鄙視太陽，或太陽帶給大地的溫暖和生命。基於同樣理由，也沒有事物會憎恨我的兒子，美麗的巴德爾。」於是她踏上旅程，去確保事情的確如此。

她在大地上遊走，對每一個遇到的人、事、物要求，請對方發誓永遠都不會傷害美麗的巴德爾。她對火說，而火保證不會灼傷他；水發誓不會淹死他；鐵不會割傷他，其他金屬也不會使他受傷；石頭保證不會使他的皮膚瘀青。芙瑞嘉對樹木、野獸、鳥兒，以及所有爬行、飛翔、攀爬的萬物說，而每一種生物都保證自己的族群永遠都不會傷害巴德爾。樹木同意，每一種樹都同意，包含橡樹和梣樹、松樹和山毛櫸、白樺樹和冷杉，都保證它們的木頭永遠都不會用來傷害巴德爾。她喚出疾病，對它們說話，每一種會使人受傷的疾病，或孱弱體虛，都同意它們永遠不會碰巴德爾一根汗毛。

對芙瑞嘉來說，她並不會因為某物無足輕重就不去詢問，除了槲寄生這種生長在其他樹上的爬藤植物外。槲寄生似乎太幼小、太微不足道。她從旁走過。

當每樣事物都發誓不會傷害芙瑞嘉的兒子，芙瑞嘉返回阿斯嘉。「巴德爾安全了，」她告訴亞薩神族。「沒有任何事物能傷害得了他。」

所有人都對她的話存疑，就連巴德爾也是。芙瑞嘉撿起一顆石頭，朝她的兒子拋過去。石頭從他身旁閃過。

巴德爾開心地哈哈大笑，有如太陽探出頭來。眾神面露笑容。然後一個接著一個，他們紛紛對準巴德爾扔擲武器，每個人都面面相覷、驚奇不已——劍不碰他，長矛也不穿透他的血肉之軀。

眾神都放下心來，而且很快樂。在阿斯嘉只有兩張臉沒有散發喜悅。

洛基沒有微笑或大笑。他看著其他天神用斧頭和劍去砍巴德爾、往巴德爾身上丟大石頭，或試著用多節的大木棍攻擊巴德爾，當棍子、劍、石頭和斧頭避開巴德爾，或像輕柔的羽毛一樣碰著他時，眾神大笑，洛基沉思著，溜進陰影裡。

另一個人是巴德爾的弟弟侯德，他雙眼失明。

「發生什麼事了？」盲眼侯德問道。「誰可以告訴我發生什麼事了？」但沒人跟侯德說話。他聽著狂歡喧譁聲和喜悅之聲，希望自己也參與其中。

「妳一定很為妳的兒子驕傲，」一位慈眉善目的女人對芙瑞嘉說。芙瑞嘉不認得這名女子，但女人看著巴德爾時堆滿笑容，而芙瑞嘉的確為自己的兒子驕傲。畢竟人人都愛他。

「但是，那可憐的孩子，他們不會傷害到他嗎？竟那樣對著他扔東西？要是我是他的母親，我會替自己的兒子害怕憂心。」

「他們不會傷害他，」芙瑞嘉說。「沒有武器能傷害巴德爾。沒有疾病、岩石、樹木能傷他。我已經問過世上萬物，他們全都對我發誓不會傷害他。」

「真好，」慈眉善目的女人說。「我很高興。但妳確定沒有漏了什麼東西嗎？」

「一個都沒少，」芙瑞嘉說。「所有的樹木都有。我唯一懶得去問的是槲寄生──這種爬藤植物長在瓦爾哈拉西邊的橡樹上，但它還太嫩太小，無法造成什麼傷害，你是沒辦法用槲寄生來做棍子的。」

「我的天，」慈眉善目的女人說。「槲寄生是吧？老實告訴你，我也一樣懶得去管，太小不啦嘰了。」

芙瑞嘉開始覺得這位慈眉善目的女人似曾相識，但在女神想出她是誰之前，提爾用他那隻完好的左手舉起一塊巨石，用力砸在巴德爾的胸膛上。石頭碰都沒碰到這位發亮的天神，就自己粉碎，化為一地塵埃。

當芙瑞嘉轉身要去和慈眉善目的女人說話，她已經消失了。芙瑞嘉再也沒去想這件事──至少那時沒有。

洛基以自己的樣貌來到瓦爾哈拉西邊。他在一棵巨大橡樹旁止步。橡樹上到處是一串串槲寄生懸垂的綠葉和淺白的莓果，與雄偉的橡樹並排，似乎更顯微小。槲寄生直接從橡樹樹幹長出。洛基檢查莓果、莖和葉子。他想到用槲寄生的果子來毒害巴德爾，但那似乎又太簡單無趣了些。

假如他要傷害巴德爾，他要盡可能同時傷害許多人。

III

盲眼侯德站到一旁，草地上傳來快樂、喜悅的嘶吼，以及不絕於耳的驚呼，他嘆口氣。侯德身強力壯，即使看不見，也是最強壯的天神之一。通常巴德爾都會確定他沒被冷落。但這次，就連巴德爾也忘了他。

「你看起來很難過。」一個熟悉的聲音說。那是洛基。

「洛基，我好難過啊。大家都玩得很開心，我聽到他們哈哈大笑。巴德爾是我親愛的哥哥，他聽起來好快樂。我真希望自己也能是他們當中的一分子。」

「這是世界上最簡單的事了，」洛基說。侯德看不見他臉上的表情，但洛基的聲音聽起來相當熱心，非常友善，而且所有天神都知道洛基很聰明。「把你的手伸出來。」

侯德照做。洛基把某個東西放在侯德手掌心，闔上侯德的手指。

「這是我做的一支小飛鏢。我會帶你靠近巴德爾，告訴你他的位置，你就盡全力朝他射過去——用你所有的力氣射出去，然後每個天神都會大笑，巴德爾會知道，就連他的盲眼弟弟也參與了他的勝利之日。」

洛基帶著侯德穿過人群，往喧鬧之處走去。「這裡，」洛基說。「站在這個位置，很好。現在，我暗示你的時候就把飛鏢射出去。」

「這只是一支小飛鏢，」侯德渴望地說。「我真希望能擲矛或扔石頭。」

「一支小飛鏢就夠了，」洛基說。「飛鏢頭很鋒利的。現在，就照我之前跟你說的，往那裡射過去。」

一陣熱烈的歡呼和笑聲響起：索爾揮舞一根棍子，棍子以盤根錯節的荊棘木做成，上頭還鑲有銳利鐵釘。他往巴德爾的臉打去，棍子在最後一刻彈開，飛過他頭上，索爾看起像在跳舞似的，模樣十分逗趣。

「就是現在！」洛基小聲說。「現在，趁他們大家都在大笑的時候。」

侯德就照先前洛基告訴他的那樣，把槲寄生做成的飛鏢射出去。他以為會聽到眾神的歡呼和笑聲——沒有人笑，沒有人歡呼。一片沉默。他聽見旁人驚呼和竊竊私語。

「為什麼沒人替我歡呼？」盲眼侯德問道。「我射了一支飛鏢。既不大也不重，但你們一定都看到了。巴德爾，我的哥哥，你為什麼沒有笑？」

然後他聽見嚎啕大哭的聲音。那聲音拔高，尖銳可怕，他認得這個聲音。嚎啕大哭的人是他的母親。

「我的兒子，巴德爾。噢！巴德爾！我的兒子啊。」她痛哭失聲。

就在那時，侯德知道他扔的飛鏢擊中了目標。

「多麼可怕，多麼悲傷。你殺了你的哥哥。」洛基說。但他的口氣聽起來不哀傷。他聽起來一點都不哀傷。

IV

巴德爾死了，躺在那裡，被槲寄生做成的飛鏢刺中身亡。眾神聚在一起，哭泣落淚，撕扯著自己的衣裳。奧丁沒說什麼，只說了一句。「不可報復侯德。還不行，現在還不是時候。我們身在一個神聖和平的地方。」

芙瑞嘉說：「你們有誰想去找海爾，贏得我的恩賜？或許她會讓巴德爾返回這個世界，就連海爾都不可能這麼殘忍，把他留在那裡……」她想了一下。畢竟，海爾是洛基的女兒。「我們會付她贖金，讓她把巴德爾還給我們。你們當中有誰願意前去海爾的國度？雖然你可能回不來。」

眾神面面相覷。然後，有人舉手。是荷莫德，人稱敏捷的荷莫德，他是奧丁的隨從，在年輕天神之中，他的速度最快，也最有勇氣。

「我會去找海爾，」他說。「我會將美麗的巴德爾帶回來。」

他們帶來奧丁的八腳駿馬斯雷普尼爾。荷莫德上馬，準備出發，到深不可及的底下世界拜訪在冥府大殿的海爾，那裡是只有死人會去的地方。

當荷莫德策馬進入黑暗，天神正準備舉行巴德爾的葬禮。他們帶走屍體，擺在巴德爾自己所擁有的名為「合令洪」的船上。他們想要發動這艘船，並且點火燃燒，但他們無法將船從岸邊推開。他們又推又拉，就連索爾也一樣，但船就停駐在岸邊，一動也不動。只有巴德爾能發動他的船，而他現在已經不在了。

天神找來女巨人希洛金，她騎著一匹巨狼而來，將蛇當作韁繩。她走到巴德爾的船頭，使出最大的力氣往前推——她推動了船，推得太奮力，結果擺在船底下的滾筒著火燒了起來，大地搖晃不已，海浪波濤洶湧。

「我真該殺了她，」索爾說，還因為自己無法推動船而心悶，緊握著妙爾尼爾鎚的握柄。「她沒有表示一點尊重。」

「你絕不能殺她。」其他天神說。

「這整件事讓我很不高興，」索爾說。「我很快就要去殺人，釋放一下我緊繃的情緒。你們等著看好了。」

巴德爾的屍體由四位天神抬著來到礫灘。他們抬著他，經過聚集在那裡的人群。在悼念的人群裡，站在最前面的是奧丁，他的烏鴉分別站在肩上兩邊；在他身後是女武神和亞薩神族；冰霜巨人和高山巨人也來到巴德爾的葬禮；甚至連矮人——地底下的狡猾工匠——也出席。一切生物都為了悼念巴德爾之死而前來。

巴德爾的妻子娜娜看見丈夫的遺體被抬著經過，哭天喊地，心臟衰竭，結果在岸邊倒下而死。他們把她抬到火葬堆，將屍體擺在巴德爾的屍體旁邊。出於尊敬，奧丁將他的臂環卓洛普尼爾放在火葬堆上。這是矮人布洛克和艾崔里替他製作的神奇臂環，每九天就會從中掉出另外八只相同純淨美麗的臂環。接著，奧丁在已經死掉的巴德爾耳邊低聲訴說祕密，而奧丁小聲說出的話只有他自己和巴德爾知道。

為了要讓巴德爾的馬能在來世載著主人，他們已將牠精心打扮一番，並且派人把牠騎到火葬堆，在那裡獻祭。

他們在火葬堆點火。火燃燒起來，吞噬了巴德爾、娜娜的屍體、馬，還有巴德爾的物品。

巴德爾的屍體熊熊燃燒，有如太陽。

索爾站在葬禮火堆前，高舉妙爾尼爾鎚。「我在此聖化祝福此火葬堆。」他大聲宣布，狠狠斜瞪女巨人希洛金。索爾覺得她看起來仍舊不夠莊重。

其中一名矮人李特走到索爾前面，想要將火葬堆看個仔細，索爾不耐煩地把他踢入熊熊火焰之中，此舉讓索爾覺得稍微舒坦一點，也使所有矮人感覺更不舒坦。

「我不喜歡這樣，」索爾暴躁地說。「我一點都不喜歡。我希望敏捷的荷莫德能跟海爾協談成功。巴德爾越快復活，對我們大家越好。」

V

敏捷的荷莫德馬不停蹄，一共騎了九天九夜。他越騎越深入，穿過濃濃夜色：從昏暗到黃昏、到夜晚、再到漆黑沒有星辰的黑暗中。他在黑暗裡所能看到的，就是前頭某個金黃閃耀的東西。

距離越來越近，光線也變得益發明亮。是金子，那是通過吉耶拉河的橋的茅草頂，這是所有亡者的必經之路。

在過橋時，他要斯雷普尼爾放慢腳步前行，踩在腳下的橋搖搖晃晃。

「你叫什麼名字？」一個女人的聲音問道。「你是哪個家族的？你在死人之境做什麼？」

荷莫德不發一語。他抵達橋那遙遠的另一端，那裡站著一名少女。她很蒼白，非常美麗。少女看著他的模樣像是從來沒見過他這種人似的。她叫茂思歌絲，她守護這座橋。

「昨天通過這座橋的死人足以塞滿五個國家，雖然那些人馬多到無法計數，但光你一個人過橋，就讓這座橋晃得比他們更厲害。我能看見你皮膚底下的紅色血液。你沒有死人的顏色——死人的血色是灰、綠、白、藍。你的皮膚底下依舊有生命。你是誰？為何來到冥界？」

「我是荷莫德，」他告訴她。「我是奧丁之子，我騎著奧丁的馬前來冥界尋找巴德爾。妳有見到他嗎？」

「看過他的人都不會忘記，」她說。「美麗的巴德爾在九天前通過這座橋。他去到了海爾的大殿。」

「謝謝妳，」荷莫德說。「那也是我要去的地方。」

「去那裡得往下及往北走，」她告訴他。「一直往下騎，並繼續往北前進。你就會抵達冥府的大門。」

荷莫德繼續前行。他往北騎，跟著路徑一直走下去，直到來到一堵巨大高牆前，看見通往冥府、比最高的樹還要高大的門。他下馬，緊抓著馬鞍的帶子——又重新上馬，抓緊馬鞍。他催促斯雷普尼爾越跑越快，最後牠縱身一躍——從沒有任何一匹馬以這種跳法飛越，之後也不會有。牠通過了冥府的大門，並且安全地降落在另一邊，就在海爾的領地。從來不曾有活人能去到那裡。

荷莫德騎馬進入亡者的殿堂。他下馬之後，走進裡面。他的兄弟巴德爾坐在桌首，也就是貴賓的位子。巴德爾很蒼白，他的膚色如同陰天的世界，如同沒有太陽的時刻。他坐在那裡，喝著海爾的蜂蜜酒，吃她的食物。當他見到荷莫德，他要他坐在自己身旁，與他們在餐桌上共度一晚。巴德爾的另一邊坐著他的妻子娜娜，而在她旁邊，則坐著一個心情非常惡劣，名叫李特的矮人。

在海爾的世界，太陽從未升起，終年不見天日。

荷莫德看著大殿對面，見到一個有著奇特美貌的女人。她右邊的身體是血肉之軀的顏色，但左邊的身體卻黑暗毀壞，就像你在森林裡可能會看見、吊掛在樹約一星期之久的屍體，又或是凍死在雪地裡的屍體。荷莫德知道，這位就是洛基之女海爾，眾神之父指派她統領死人之境。

「我為了巴德爾前來此地，」荷莫德對海爾說。「奧丁親自派我前來。世間眾生為他哀悼，妳必須把他交還給我們。」

海爾無動於衷。她的一隻綠眼注視著荷莫德，另一隻眼則凹陷死白。「我是海爾，」她簡潔了當地說。「死人來我這裡，不會返回上面的世界。我為什麼要讓巴德爾離開？」

「萬物都在悼念他。他的死帶來的哀痛將我們大家聚在一起，包含天神、冰霜巨人、矮人和精靈。動物哀悼他，植物也是，就連金屬也哭泣，而石頭夢見勇敢的巴德爾將返回那個見過太陽的世界。讓他走吧。」

海爾不發一語。她用不對稱的眼睛看著巴德爾，然後嘆口氣。「他是最美的一件事物，我想，他應該是來到我領地的人中最美的一個。但假使真如你所說，假使萬物都在悼念巴德爾——假如萬物都愛他，那麼我可以將他還給你。」

荷莫德跪在她面前。「您此舉高貴英明。謝謝！偉大的女王！感謝您！」

她低頭看著他。「起來，」她說。「我還沒說我會交還此人。荷莫德，這是你的任務。去問他們，問所有天神和巨人，問所有岩石和植物，問一切萬物。假如全世界都在為他哭泣，想要他返回人間，我會將巴德爾交還給亞薩神族和白晝。但是，只要有一個生物沒有哭泣，或是沒有說他好話，那麼，他就要永遠留在我身邊。」

荷莫德站起身，巴德爾帶他離開大殿，將奧丁的臂環給了荷莫德，當作荷莫德到過冥府的證據；娜娜交給他一件要給芙瑞嘉的亞麻布袍子，以及一枚要給芙瑞嘉的侍女芙拉的金戒指。李特則扮了鬼臉，比出粗魯的手勢。

荷莫德爬上斯雷普尼爾後坐好。這次，冥府的大門為他敞開。當他離開，他循著先前的足跡往回走。他過了橋，最後再次看見光明。

在阿斯嘉，荷莫德將卓洛普尼爾臂環還給眾神之父奧丁，並將事情經過以及所見所聞告訴他。

當荷莫德在地底的時候，奧丁生了一個兒子來代替巴德爾，這個兒子叫做瓦利，是奧丁與女神琳德共同孕育的孩子。這個娃娃誕生到世上還不到一天，便找到侯德並殺了他。如此，得以為巴德爾之死復仇。

VI

亞薩神族差遣使者前往世界各地。使者騎馬快得像風，他們詢問了碰到的每一個人、事、物是否替巴德爾哭泣，這樣巴德爾才能從海爾的冥府獲得釋放。女人哭泣，男人、小孩、動物都是如此；空中的鳥為巴德爾哭泣，土地、樹、石頭亦同——就連使者所碰到的金屬也都替巴德爾哭泣。當你將冷鐵劍從非常冷的地方放到陽光底下、擺在充滿溫暖的環境時，冷鐵劍上總滿滿水滴。

萬物都為巴德爾哭泣。

使者結束任務，準備返回，得意洋洋又興高采烈。巴德爾很快就會回到亞薩神族中了。他們在山上休息，坐在一塊洞穴旁突出的地方。他們吃著東西、喝蜂蜜酒；說笑話，開懷大笑。

「誰？」洞穴裡有個聲音往外喊。一名年長的女巨人走出來。他們覺得她有點眼熟，但沒有一個使者能肯定到底是哪裡讓他們覺得熟悉。「我是叟柯，」她說，這個名字具有「感激」之意。「你們為什麼在這裡？」

「我們向萬物眾生一一詢問，問他們是否為死去的巴德爾哭泣。美麗的巴德爾為他的盲眼兄弟所殺，要是天空中的太陽再也不會照耀大地，我們會想念太陽；而我們每一個人都是那樣地思念巴德爾，我們每個人都為他哭泣。」

女巨人搔搔鼻子，清了清喉嚨，在石頭上吐了一口口水。

「老叟柯不會替巴德爾哭泣，」她直言不諱。「是活是死，老奧丁的兒子只會帶給我痛苦與憤怒。我很高興他走了。擺脫爛東西真是可喜可賀，就讓海爾留著他吧。」

接著她緩緩走回洞穴的幽暗之處，消失在眾人視線之外。

使者返回阿斯嘉，將所見所聞告訴眾神，報告他們的任務失敗，因為有一個人沒有為巴德爾哭泣，也不想要他返回世間。那是一個住在山上洞穴裡的年老女巨人。

至此，他們也發現老叟柯讓他們想到誰——她的動作和語氣都很像勞菲之子洛基。

「我認為那真的是洛基假扮的，」索爾說。「當然是洛基。每次都是洛基。」

索爾高舉他的妙爾尼爾鎚，召集了一批大神去找洛基報仇，但是到處都找不到這個狡猾的惹事生非之徒。他躲藏起來，離阿斯嘉老遠，為自己的聰明沾沾自喜，並等待紛擾漸漸平息。

洛基的末日

I

巴德爾死了，天神依舊在悼念他的死亡。他們很悲傷，灰色的雨水不斷落下，大地沒有喜悅。

當洛基結束遠行，返回阿斯嘉，他一點都不後悔。

此時埃伊爾的大殿正在舉行秋季饗宴，天神和精靈齊聚一堂，暢飲海洋巨人新釀的啤酒，那是用索爾在很久以前從巨人之地扛回來的大鍋釀造的。

洛基在那裡，他喝了太多埃伊爾的啤酒，喝到忘了喜悅笑聲、忘了詭計；喝到心裡變得陰鬱黑暗。當他聽見眾神讚美埃伊爾的僕人菲默分靈活勤快，他從桌子後面一躍而出，拿刀往菲默分身上刺去，使他當場斃命。

驚恐萬分的眾神將洛基趕出宴會廳，趕進黑暗之中。

時間過去，宴會繼續進行，但現在已經沒有氣氛了。

門口有陣騷動，當眾神轉身，想去查看發生了什麼事，他們看到洛基回來了。他站在大廳入口，凝視眾人，臉上掛著嘲諷的笑容。

「這裡不歡迎你。」眾神說。

洛基對他們視若無睹。他向前走到奧丁所坐的位置。「眾神之父，我們兩人的血是不是很久以前就混在了一起？對吧？」

奧丁點點頭。「的確是。」

洛基笑得更開懷了。「偉大的奧丁，你之前不是發過誓，只有在你歃血為盟的兄弟洛基坐在宴會桌和你一起飲酒時，你才會喝酒嗎？」

奧丁的灰色獨眼盯著洛基那對綠色的眼珠子——最後轉開頭的是奧丁。

「讓狼的父親與我們同宴。」奧丁粗聲說，並且要他的兒子韋達移過去，騰出空間讓洛基坐在他旁邊。

洛基笑得開懷又惡毒。他要求拿上來更多埃伊爾的啤酒，並且大口喝下。

那天晚上，洛基羞辱每一個天神。他對男神說他們是懦夫，對女神說她們易受騙又淫蕩不貞。每一句侮辱都含有部分事實，句句足以傷人。他告訴他們，說他們是傻瓜，他讓他們想起一些本以為沒人記得、非常安全的私密事。他冷笑、嘲弄、重提醜聞，不斷令在場的眾神痛苦，直到索爾加入宴會才罷休。

索爾輕而易舉地結束了這場談話：他威脅要用妙爾尼爾讓洛基邪惡的嘴永遠閉上，並且把他送進冥府，一路直達死人的大殿。

洛基隨後離開了宴會。但在他搖搖晃晃走出去之前，他轉身面對埃伊爾。「你釀出了上好的啤酒，」洛基對海洋巨人說。「但是這裡再也不會舉辦另一場宴會。火焰會吞噬這間大房子；你會由背部著火而亡，你所愛的每一樣人、事、物都會從你身邊被帶走。這點我敢發誓，必會成真。」

他離開阿斯嘉眾神，走入黑暗之中。

II

洛基在隔天早上清醒過來，想了想他前晚所做的事。他沒有感到羞愧，因為羞愧不是洛基這人的風格。但他知道自己把天神逼得太過頭了。

洛基在靠近海邊的山上有一個家，他決定在那裡等待，避避風頭，等眾神原諒他。他在山頂上有棟房子，共有四道門，一面一道。如此他便能注意來自不同方向的危險。

白天的時候，洛基變為鮭魚，躲在佛洛安瀑布底下的水池。這道高高的瀑布往下流到山腰，連接水池的小溪流向一條小河，而河流直接流入海洋。

洛基喜歡做計畫和想對策。他知道自己化身為鮭魚相當安全，眾神不會在游泳的時候抓鮭魚。

但是，接著他開始自我質疑。他心想：「在瀑布底下的深水池裡有辦法捕魚嗎？」身為最詭計多端、最狡猾的策劃人，他會怎麼抓鮭魚？

洛基拿了一團蕁麻繩，開始打結、編織，做成了一張漁網。這是有史以來初次做出的漁網。「很好，」他心想。「假如用這張網子，我就能抓住鮭魚。」

現在，他要來想對策：假如眾神編出一張那樣的網子，我又該怎麼辦？

他檢查自己做的網子。

「鮭魚可以跳，」他想。「鮭魚能往上游，甚至能一路游到瀑布。我可以跳過網子。」

有個東西引起他注意。他從第一扇門往外瞧，接著看往另一扇門。他嚇了一大跳：眾神正往山腰來，他們就快抵達他家了。

洛基把網子扔進火堆，滿意地看著網子燒毀，然後他走入佛洛安瀑布，化為一條銀色的鮭魚，被沖入瀑布，消失在山底下的深水池裡。

亞薩神族到了洛基位在山上的家，守在每一道門的門口，切斷洛基的逃亡路線——假如他人還在屋內的話。

最有智慧的天神葛瓦西爾從第一道門走進屋內。他曾經死去，鮮血被釀成蜂蜜酒，但他現在已再次復活。根據火和旁邊的杯子裡喝了一半的酒判斷，他知道，洛基在他們來的幾分鐘前還在這裡。

不過，沒有線索顯示洛基的下落。葛瓦西爾環視天空，然後低頭看著地板和壁爐。

「他消失了，那哭哭啼啼的小黃鼠狼，」索爾從四道門中的一道門進來，一邊說。「他可能已經變身成某種東西。我們永遠都找不到他了。」

「別煩躁，」葛瓦西爾說。「你看。」

「那只不過是灰燼。」索爾說。

「但是你看灰燼的圖案，」葛瓦西爾說。他彎下腰來，觸摸爐火旁散落在地的灰，聞了聞，然後再用舌頭舔了舔。「這是扔進火裡燒掉的繩子灰燼，可能就是角落那團蕁麻繩。」

索爾翻了翻白眼。「我認為一條燒焦繩子的灰無法帶我們找到洛基的下落。」

「你認為不行？但你看這圖案——是縱橫交錯的鑽石狀，而且有非常規律的方形。」

「葛瓦西爾，你在這邊欣賞灰燼形成的圖案是浪費我們大家的時間。這真是愚蠢至極。我們在這裡猛盯著灰瞧，洛基早就跑得遠遠了。」

「索爾，也許你是對的，但要用繩子弄出這麼規律的方形，需要工具來做出間隔，像是你腳邊地上的一塊木頭。你在編織的時候，得將繩子一端綁在某個東西上——就像那邊那個從地上突出來的棍子；然後要能打結穿繩做網子，這樣一條繩子才會變成……嗯。不知道洛基怎麼叫這東西，不過我會叫它『網子』。」

「你為什麼還在嘰哩咕嚕講不停？」索爾說。「我們大可去追洛基，為什麼你還在猛盯著灰燼、棍子、木塊看半天？葛瓦西爾！你在這邊思考說蠢話的當下，他早就逃之夭夭了！」

「我認為，像這樣的網子最適合用來抓魚。」葛瓦西爾說。

「我真是受夠你了，你蠢得要命，」索爾嘆口氣說。「所以這是用來抓魚的？嗯，真是太棒了。洛基也會肚子餓，所以他一定是想要抓魚來吃。洛基會發明些東西。他就是這種人。他總是那麼聰明，所以我們習慣把他留在身邊。」

「你說得對。但你捫心自問，假如你是洛基，為什麼要發明一種用來抓魚的東西，然後又在知道我們要來的時候，把剛做好的網子扔進火裡燒掉？」

「因為……」索爾說。他眉頭深鎖，用力思考——連山頂上都能聽見在遠處響起的雷聲。「呃……」

「完全正確。因為不希望我們到的時候找到這件東西。而唯一不希望我們找到它的原因，就是要阻止我們這些阿斯嘉天神用網子來逮住他。」

索爾慢慢點頭。「我懂了，」然後他說：「對，我想是這樣沒錯，」最後他說，「所以洛基……」

「……就躲在瀑布底端的深水池裡，化身成一條魚。完全正確！索爾，我就知道你最後會想通。」

索爾熱切地點頭，不太確定自己是如何從地板上的灰做出這個結論，但他很高興弄清楚了洛基的躲藏地點。

「我會下去池子，拿著我的鎚子，」索爾說。「而且我……我會……」

「我們得拿張網子去下面。」明智的天神葛瓦西爾說。

葛瓦西爾拿起剩下的蕁麻繩和一塊木頭釘板，把繩子一端綁在棍子上，開始把繩子繞上棍子，然後拿著棍子穿過來、繞過去。他示範給其他天神看，很快的，每位天神都開始編織、打結；他將每個人所做的網子接起來，最後做出一張和水池一樣大的大網。他們走到山底的瀑布旁。

有條小溪流從滿溢出來的水池流出，往下流入海洋。

當他們抵達佛洛安瀑布底下，天神攤開剛才做好的網子。網子又大又重，而且很長，能夠蓋住整個水池。這張網子的一端需要用上每一個亞薩神族戰士才拿得動，而索爾自己拿著另一邊。

眾神從池子的一端起步，在瀑布底下涉水走到另一頭。然而他們一無所獲。

「一定有東西住在底下，」索爾說。「我感覺到有東西頂住網子，但是那傢伙又往底下游得更深，游到泥巴裡去，而網子是蓋在上面的。」

葛瓦西爾若有所思地搔搔下巴。「沒問題。我們再重來一遍，不過這次要把網子往下壓，」他說。「這樣就沒有任何東西可以躲到網子底下。」

眾神收集上面有洞的沉重石頭，並且把每一塊石頭綁在網子底部，當作重物來增加重量。

眾神再次涉水走入池中。

當眾神第一次走入水池，洛基洋洋得意。他逕自往下游進水池的泥巴底部，從兩塊平坦的石頭間滑過去，在網子灑在他頭上時靜待。

他現在開始擔心了。在又黑又冷的水裡，他想到這件事。

除非他離開水中，否則無法變成其他東西；而就算他真的成功變身，眾神也會繼續追著他。不行，繼續保持鮭魚的樣貌比較安全。但是做為鮭魚，他就完全被困住、動彈不得。他得做出一件令眾神出乎意料的動作。他們一定以為他打算逃向開闊的海洋——因為在那裡他會安全，他得去海洋，即使他從池子流向海灣的河裡前往該處時，非常容易被發現和被抓住。

眾神絕不會想到他會往來時處游回去：逆流而上。

眾神將網子沿著池底拖行。

他們一心一意想知道底下發生什麼事，結果，當一條巨大到比他們以前看過的鮭魚還大的銀魚冒出來，扭轉尾巴跳過網子上方，開始往上游去，他們都嚇了一大跳。這條大鮭魚往瀑布逆流而上，往上爬升、無視地心引力，彷彿被往上抛入空中。

葛瓦西爾對著亞薩族天神大吼，命令他們分成兩組，分別站在網子兩端。「他不會待在瀑布裡太久，太沒有遮蔽了。他唯一的機會還是要逃到大海，所以你們兩組人要沿著水池，把網子放在你們中間拖著走。索爾，這個時候，」明智的葛瓦西爾說：「你要走到水的中央，等洛基再次嘗試跳過網子，你一定要在空中抓住他，就像熊抓鮭魚那樣。不過別讓他跑了。他很狡猾。」

索爾說：「我看過熊從空中抓住跳躍的鮭魚。我很強壯，跟熊一樣動作快。我會堅持不放手。」

眾神開始把網子拖往上游，前往銀色大鮭魚想爭取時間的地方。洛基擬定了計畫。隨著網子越來越接近，洛基知道這是關鍵的一刻。他得像之前一樣跳過網子，而這次，他會奔向海洋。他全身緊繃，像是一道準備往後噴的泉水——然後他躍入空中。

索爾動作很快。他看見銀色鮭魚在太陽底下閃閃發光，便以巨大的雙手抓住他，就像飢餓的熊從半空中抓住鮭魚。鮭魚這種魚很滑溜，而洛基絕對是最滑溜的鮭魚。他扭來扭去，想要從索爾的指縫中溜走，但索爾只是更用力地抓緊，使勁捏住魚尾。

人們都說，自從那時起，鮭魚身體靠近尾巴的地方就變窄了。

眾神拿來網子，緊緊地用網子把魚捆起來，夾在中間帶著走。鮭魚在空氣中快要窒息，大口喘氣想要水，接著是一陣亂動拍打，他們現在打著的便成了氣喘吁吁的洛基。

「你們在做什麼？」他問。「你們要把我帶去哪裡？」

索爾搖搖頭，嘟囔了一下，沒有回答。洛基又問了其他天神，但沒有人告訴他發生什麼事，沒有人願意與他四目相交。

III

諸神進入洞口，洛基吊在他們中間。他們往下走到地底深處，洞頂高掛著鐘乳石，蝙蝠振翅拍動。他們繼續往更下面走去。很快地，路變得非常窄小，沒辦法扛著洛基走了。於是，他們要他走在眾神之間，索爾緊跟在洛基後面，一手搭在洛基肩上。

他們在地底下走了很遠。

在洞穴的最深處有木頭在燃燒，三個人站在那裡，等待他們前來。洛基在看見他們的臉之前已經先認出他們。他的心一沉。「不，」他說。「別傷害他們。他們什麼事都沒做錯。」

索爾說：「說謊高手洛基，他們是你的妻兒。」

洞穴裡有三大塊扁平的石頭。亞薩族天神把每塊石頭並排，索爾拿出鎚子。他在每一塊石頭的中間都各敲出一個洞。

「拜託你們！放我們的父親走！」洛基的兒子納菲說。

「他是我們的父親，」洛基的另一個兒子瓦利說。「你們發誓不會殺他。他跟至高無上的天神奧丁是宣誓過的拜把兄弟。」

「我們不會殺他，」葛瓦西爾說。「瓦利，告訴我，兄弟之間，能對彼此做出最殘忍的事是什麼？」

「彼此背叛，」瓦利毫不遲疑地說。「彼此殘殺，就像侯德殺了巴德爾。這種事是罪不可赦。」

葛瓦西爾說：「洛基確實是眾神的拜把兄弟，我們不能殺他，但對你們、對他的兒子，則不受這種誓言所限。」

葛瓦西爾對著瓦利說話。那話語帶有改變之力，強大不能抵抗。

瓦利的人形開始消失，他原本所站的位置現在站了一匹狼，牠的嘴邊泛著白沫。瓦利的聰明才智已從黃色的眼眸消失，取而代之的是飢餓、憤怒和瘋狂。牠看著眾神，看著曾經是牠母親的西晶，最後看見納菲。牠從喉嚨發出低沉深長的吼聲，頸部的皮毛豎起。

納菲往後站了一步，就只有一步，狼接著就撲在他身上。

納菲很勇敢。他沒有大叫，即使那頭曾經是他兄弟的狼將他撕碎、咬開喉嚨，將他的五臟六腑吐在岩石地板上，他都沒有大叫出聲。曾經是瓦利的野狼嚎叫著，從沾滿血的咽喉發出的聲音既長又響亮。然後，牠高高跳起，越過眾神的頭頂，跑進洞穴暗處。在阿斯嘉的土地上再也沒看過牠，要等一切結束的末日之後，才會再見到牠。

眾神逼洛基躺在三塊大石頭上。他們把一塊石頭放在他的肩膀下面，一塊放在他的腰後，另一塊則放在膝蓋下。眾神拿來納菲剛才流出的腸子，將腸子穿過他們在石頭鑿出的洞，緊緊綁住洛基的脖子和肩膀。他們用他兒子的腸子綁住他的腰和臀，又把他的膝蓋和腿緊緊綁起來，使他幾乎動彈不得。接著，眾神將洛基被殺的兒子的腸子變成枷鎖，又緊又堅固，簡直像鐵做的一樣。

洛基之妻西晶看著她的丈夫，被他們兒子的腸子五花大綁，她不發一語，靜靜地為丈夫的痛苦、兒子的死、為了恥辱而流淚。她拿著一個碗，雖然她不知道拿這個碗要做什麼。在眾神把她帶來這裡之前，他們要她去廚房拿一個她家最大的碗來。

已故席亞西之女，美腳尼約德之妻絲卡蒂接著走進洞穴。她手裡握著一樣龐然大物，那東西正不停擺動扭曲。她在洛基上方俯身，將帶來的東西掛在他的上方，繞在洞穴裡一塊長到地面的鐘乳石上，好讓蛇頭剛好落在洛基的頭上面。

這是一條蛇。眼神冷酷，不停吐信，尖牙滴淌毒液。牠發出嘶嘶聲，一滴毒液從牠嘴邊往下滴到洛基的臉上，燙傷他的眼睛。

洛基大叫，臉部扭曲，痛苦地滾來滾去，不停扭動。他想要閃開，把頭移偏，不想待在毒液會落下的地方。那些枷鎖曾經是他親生兒子的腸子，現在則緊緊地捆住他。

眾神一個個離開那裡，臉上帶著冷酷又滿意的表情。很快，那裡只剩葛瓦西爾；西晶看著她被五花大綁的丈夫，以及被野狼殺害、開膛破肚的兒子屍體。

「你想對我怎麼樣？」她問。

「我不想怎樣，」葛瓦西爾說。「妳沒有受到懲罰，可以想做什麼就做什麼。」然後，連他也離開那裡了。

又有一滴蛇的毒液落在洛基臉上，他放聲大叫，亂滾亂動，被綁住的他扭個不停。當洛基動來動去，大地也隨之晃動。

西晶拿著碗走到丈夫旁邊。她沒說話——有什麼好說的呢？但是，她站在洛基的頭邊，眼裡淨是淚水。她捧著碗，接住每一滴從蛇的尖牙落下的毒液。

這一切都發生在很久很久以前，在遠古的時候，當天神仍在大地行走的時候。這是距今非常遙遠以前發生的事。當時的山早已磨平，最深的湖泊都已變成乾涸的土地。

西晶一如當時，仍然守候在洛基身旁，凝視他美麗卻扭曲的臉龐。

一次一滴，毒液慢慢滴入她所捧的碗裡，然而，接住的毒液已經快從碗裡滿出來了。那時，是西晶唯一一次轉身離開洛基的時候。她端著碗，將毒液倒掉，當她離開時，蛇的毒液會滴在洛基的臉上、眼睛上。他不停抖動，不停抽搐，顫抖不已，劇烈晃動，整個大地也跟著被搖撼。

出現這種情況時，我們在米德嘉的人稱之為地震。

他們說，洛基被綁在地底下的黑暗之中，而西晶在他身邊，捧著碗接住從上方滴落在他臉上的毒液，並且輕聲對他說她愛他，直到諸神的黃昏降臨，帶來世界末日。

諸神的黃昏：諸神最後的命運

I

到目前為止，我已經告訴你們在過去所發生的事。那些都是很久以前所發生的。現在我要告訴你們未來的日子。

我要告訴你們世界如何滅亡，以及世界又是如何重新開始；我要告訴你們的是黑暗的日子和隱藏的事物，有關大地毀滅與眾神死亡。仔細聽好了，各位將知道整件事的來龍去脈。

我們就是這樣得知世界末日的降臨。這將發生在距離眾神時代很遙遠的時候，發生在人類時代；它會發生在眾神睡覺之時，每一位天神都在熟睡，除了無所不見的海姆達爾外。當世界末日降臨，他會看著一切發生，雖然他無力防止他所看見的一切。

那會在冬天發生。

這不會是一個正常的冬天。冬天來臨，而且會持續下去。一個冬天接著一個冬天。沒有春天，沒有溫暖。人類會飢餓、會感到寒冷、會憤怒。大戰會在世界各地爆發。兄弟之間彼此交戰。父親殺害兒子。母親與女兒之間反目；姐妹爭執，看著他們的孩子輪流殘殺對方。

這會是一個颳起無情冷風的時代。在這個時代，人變成狼，彼此攻擊，與野獸相比並無不同。黃昏會降臨在世上，人類居住的地方會變成廢墟，一瞬起火燃燒，然後頹圮崩塌，最後灰飛煙滅。

然後，當剩下的少數人過著如同野獸的生活，高掛在天上的太陽會消失，彷彿被狼吞噬，而月亮也會從我們身邊被奪走，再也沒有人能看到星星。黑暗瀰漫空氣中，如灰燼、如霾霧。

這是惡寒嚴冬不會結束的時節，稱之為大寒冬。

雪從四面八方而來，風勢強勁，溫度之冷冽，超乎你的想像。你呼吸時，肺會疼痛不已，溫度冷到你眼裡的淚水結凍。沒有春天來解放人類，沒有夏天，也沒有秋天。只有冬季，再接著冬季，接著又是一個冬季。

在這之後，會來到發生大地震的時候。高山搖晃崩塌，樹木會倒下，任何僅存的人類居住地都會遭到摧毀。

地震強度之劇烈，所有束縛、鐐銬、枷鎖都會被破壞。

一切的一切。

巨狼芬里爾將會從枷鎖掙脫。牠會張大嘴巴——上顎觸及天，下顎碰到地。沒有牠吃不下的東西，沒有牠無法摧毀的物品。牠的雙眼和鼻孔冒出火焰。

巨狼芬里爾走過的地方，接著便是燃燒毀壞。

當海洋上升、灌入大地，將發生洪水；米德嘉巨蛇耶夢加得巨大又危險，牠憤怒扭動，越來越接近陸地。來自牠尖牙的毒液會噴入水裡，毒死所有海中生物。牠會朝空中大肆噴灑毒液，殺死所有呼吸海邊空氣的海鳥。

海洋裡，米德嘉巨蛇扭動的地方再也不會有任何生命。魚類、鯨魚、海豹、海怪腐爛的屍體會在海浪裡被沖刷。

凡見過巨狼芬里爾和米德嘉巨蛇這兩兄弟（亦為洛基之子）之人，會明白什麼是死亡。

這是一切結束的開始。

迷濛的天空一分為二，孩子的尖叫聲響起，穆斯卑爾的兒子會騎馬從天而降，由火焰巨人佘特率領；他高舉劍，散發耀眼光芒，沒有凡人能夠注視這把劍。他們會騎馬穿越彩虹橋——拜福洛斯特，而彩虹會在他們騎行經過時斷裂，一度明亮的顏色變成煤炭和灰燼。

不會再有另一道彩虹。

峭壁會斷裂、落入海中。

從地底下掙脫束縛的洛基將會成為名叫「納勾法」之船艦的舵手。這是有史以來最大的一艘船，由死人的指甲做成。納勾法漂在氾濫成災的水上，船員往外眺望，只看得見死掉的東西漂浮在海面上，盡皆腐爛、盡皆敗壞。

洛基掌舵開船，但船長是冰霜巨人的領袖悉倫姆。存活下來的冰霜巨人全都追隨悉倫姆。他們身材巨大，對人類有敵意。他們都是悉倫姆在最後一戰中的戰士。

洛基的軍隊是冥界軍團。他們都是心有不甘的死人，當初死得不光榮，因此將返回大地，以活死人之姿再次戰鬥，決心殲滅任何仍舊有愛、仍舊活在地面上的生物。

他們全部，包含巨人、死人以及穆斯卑爾烈焰灼身的孩子，全部一起去到稱為威格里斯的戰場平原。威格里斯幅員遼闊，橫跨三百英里；巨狼芬里爾也會踏著腳步來，米德嘉巨蛇會探索氾濫的海洋，直到逼近威格里斯，然後牠會扭動著在沙地登陸，硬生生上岸——只有牠的頭和大約一英里長的身體在岸上，大部分的身體會繼續待在海裡。

他們自己會排好作戰順序：佘特及穆斯卑爾之子會帶著一身火焰參戰；冥界戰士與洛基會從地底下進攻；冰霜巨人、悉倫姆的軍隊也會到，泥巴在他們腳下全都結凍；芬里爾、米德嘉巨蛇會和他們一起作戰，你所能想到最可怕、最厲害的敵人都會在那天出現。

海姆達爾會看著這一切發生。畢竟，他本就能看見一切，他是眾神的守護者。此刻——也只有此刻——他採取行動。

海姆達爾會吹響曾為密米爾擁有的吉耶拉洪角，他會用盡全身的力氣吹響。阿斯嘉被巨響撼動，也就是在那時，眾神會醒來，伸手拿起他們的武器，在歐司之井邊的世界樹伊革爪瑟底下集結，接受諾恩女神的祝福和忠告。

奧丁會騎乘他的馬斯雷普尼爾去到密米爾的井，為了他的忠告、為他自己、為了眾神，詢問密米爾的頭顱。密米爾的頭顱會將他所知道的未來知識輕聲告訴奧丁，也就是我現在所告訴各位的內容。

即使當一切看起來都黑暗無望，密米爾對奧丁低聲訴說的事將會給予眾神之父希望。

大梣樹伊革爪瑟，這棵世界樹，將會有如在風中飄盪的樹葉一樣晃動；亞薩神族與恩黑里爾，也就是所有在戰爭中英勇捐軀的戰士，將會穿上戰袍，他們會一起騎乘出征，奔向最後的戰場威格里斯。

大軍以奧丁為首，領頭騎在大家前面。他身上的盔甲發亮，頭戴金色頭盔。索爾會騎在他旁邊，手握妙爾尼爾鎚。

他們抵達戰場，最後之戰一觸即發。

奧丁直接朝巨狼芬里爾而去。牠現在長得更加巨大，已經超乎想像。眾神之父手裡緊握他的貢尼爾之矛。

索爾看到奧丁朝巨狼進攻，而他自己將面露微笑，揮鞭策動他的山羊，要牠們加快速度，直接朝米德嘉巨蛇攻去。他戴著鐵手套，握住鎚子。

弗雷朝全身火焰又可怕駭人的witz特進攻。

弗雷朝全身火焰又可怕駭人的佘特進攻。佘特的火焰劍非常巨大，就算沒被砍中，也會燙傷。弗雷全力奮戰，他戰得英勇，但他會是第一個倒下的亞薩族天神：他的劍和盔甲都不是佘特火焰劍的對手。弗雷死時會想念他的劍，後悔他失去那把劍——那把他在很久以前為了蓋絲的愛送給史基尼珥的劍。若有那把劍，就能拯救他的性命。

戰火激烈。奧丁的高貴軍團恩黑里爾與洛基的邪惡死人大軍展開激戰，兩方打得難分難解。

冥府之犬卡姆咆哮，牠的體型比芬里爾略小，但仍是力量最強大、也最危險的狗。牠也掙脫地底下的枷鎖，返回大地，撕裂戰士的喉嚨。

提爾——亦即獨手提爾——會阻止牠。他們彼此纏鬥，進行人與噩夢犬之爭。提爾英勇奮戰，但這場戰役最終會導致兩者皆亡。卡姆死的時候，牙齒緊緊咬住提爾的喉嚨。

索爾最後會殺死米德嘉巨蛇，這是他長久以來想做的事。

索爾用他的鎚子狠狠砸爛巨蛇的腦袋。當海蛇的蛇頭滾入戰場，他會縱身往後跳開。

當巨蛇的頭砸在地上，索爾離牠有九英尺之遠，但這樣的距離還不夠。即使巨蛇死了，牠將會清空自己的毒液囊，全噴在雷神身上——噴灑出濃厚的黑色毒液。

索爾會痛苦呻吟，然後倒在地上死去，被自己親手殺死的生物所毒害。

奧丁會英勇地對抗芬里爾，但巨狼比任何可能的生物都要大、都危險。牠比太陽大，也比月亮大。奧丁用他的長矛插入牠口中，但芬里爾大嘴一咬，長矛就沒了。牠又是一口，咬斷了；再一吞，眾神之父奧丁，最偉大且最有智慧的天神也消失了，再也沒有人看見他。

奧丁的兒子、靜默之神、可靠之神韋達，會看著自己的父親死去。韋達會大步向前，當芬里爾心滿意足地看著奧丁死去，他會將自己的腳插入巨狼的下顎。

韋達的兩隻腳是不一樣的。他一腳穿著一般的鞋子，另一腳穿著開天闢地以來就做好的鞋。所有人類替自己做鞋子時，會將腳趾和腳跟多餘的皮革割下來丟棄，這隻鞋就是用這些碎皮組合起來的。

（假如你想要在最後一戰幫助亞薩神族，就把你的皮革碎片扔掉。所有從鞋子丟掉的碎片、切掉的布頭、一切的一切，都會成為韋達這隻鞋的一部分。）

這隻鞋會一直撐開巨狼的下顎，所以牠無法動彈。接著，韋達將用一手伸進巨狼嘴裡，往上抓住上顎，並將牠的嘴巴撕裂。芬里爾將以這種方式死去，而韋達會替父親報仇。

在稱為威格里斯的戰場上，諸神將與冰霜巨人決一死戰，而冰霜巨人會和諸神對決。來自冥界的不死軍團會在最後的死亡時刻橫屍遍地，而高貴的恩黑里爾會躺在冰凍的地上，在他們旁邊。所有人死了最後一次，在毫無生機的霧濛天空下，他們再也不會起身，也不會醒來作戰。

在洛基的軍團，只有洛基本人還站著，他渾身是血，睜大了眼睛，帶疤的嘴上露出滿意的微笑。

彩虹橋的看守人、眾神的守護者海姆達爾也不會倒下。他會站在戰場上，手上那把名為胡沃斯的劍溼淋淋也血淋淋。

他們穿越威格里斯，朝彼此走去，踩在屍體上，踏過鮮血和火焰，來到對方面前。

「啊，」洛基會這麼說。「背部沾滿泥巴的眾神守護者，海姆達爾，你太晚叫醒眾神了。看著他們一個接一個一命嗚呼，不是很有意思嗎？」

洛基看著海姆達爾的臉，尋找弱點、尋找情感漏洞，但海姆達爾將會無動於衷。

「有九位母親的海姆達爾，你沒有什麼話要說嗎？當我被五花大綁在地底下，頭頂有蛇的毒液滴在我臉上，可憐的西晶站在我旁邊，想要盡可能地用碗接住毒液；在黑暗之中，我被我兒子的腸子綁住，唯一能夠讓我不發瘋的方式，就是想著現在這一刻，在心裡不斷彩排這瞬間，想像我美麗的孩子和我聯手終結天神的時代、終結世界的日子。」

海姆達爾還是不發一語，但他會出手攻擊，用力地攻擊。他的劍「哐噹」打在洛基的盔甲上；而洛基會反擊，會以兇猛、智慧和奸笑對抗。

當他們交鋒，將會想起在很久以前、在世界比較單純的時候曾經交手過。他們以動物的形體對打，變身為海豹，爭奪布麗心項鍊。當時洛基應奧丁要求從弗蕾雅那裡把項鍊偷走，而海姆達爾又拿回項鍊。

洛基從來沒忘記那羞辱。

他們交戰，拿劍朝著對方砍、戳、劈。

他們交戰，兩人雙雙倒下，海姆達爾和洛基倒在對方旁邊，兩人都受了致命重傷。

「結束了，」洛基輕聲說，在戰場上離死不遠。「我贏了。」

但海姆達爾會露齒而笑，雖然將死，仍透過冒出血和口水的金牙笑著。「我可以看得比你遠，」海姆達爾會這樣告訴洛基。「奧丁的兒子韋達殺了你的兒子巨狼芬里爾，而韋達活了下來；奧丁的另一個兒子，也是韋達的兄弟瓦利，也活了下來。索爾死了，但他的孩子麥格尼和莫迪還活著，他們從自己父親冰冷的手裡拿走妙爾尼爾。他們有力氣，也很高貴，能揮舞這把鎚子。」

「這一切都無關緊要了。世界在燃燒，」洛基說。「凡人死了。米德嘉毀了。我贏了。」

「洛基，我能看得比你遠，我能一路看見世界樹，」海姆達爾在嚥下最後一口氣前對他說。「宗特的火焰碰不了世界樹一根汗毛，有兩個人把自己安全地藏在伊革爪瑟的樹幹裡。女人叫做生命，男人叫做生命之渴望。他們的後代子孫將會繁衍、分布在大地。這不是結束。沒有所謂結束。這不過是舊時代的句點，洛基，這是新時代的開始罷了。重生總是接在死亡之後而來。你失敗了。」

洛基說了些話——一些精明、睿智又傷人的話，但他的生命將逝去，他所有的聰明才智、所有殘忍也將消失，而他什麼話都不會說。再也不會了。他會靜靜地、冰冷地躺在海姆達爾旁邊，躺在冰凍的戰場上。

現在，在一切萬物開始前就存在的火炎巨人宗特，眺望廣大平原上的死亡，向天高舉他明亮的劍。此時將出現一個像是千棵樹開始燃燒的聲音，空氣本身會開始起火。

整個世界會在佘特的火焰之中焚燒。氾濫的海洋會冒出蒸氣，最後的火焰會熊熊燃燒，閃爍之後熄滅；黑色的灰塵將如下雪一般從天空落下。

在黃昏裡，洛基與海姆達爾兩具屍體曾躺的地方已經什麼東西都看不見，只有變黑的地上的兩堆黑色灰燼，煙和晨霧交融，活人和死人軍隊一個都不剩，天神的夢與戰士的英勇也不會留下。一片空無，只有灰燼。

在那之後，很快地，膨脹的海洋在沖刷整片陸地時會把灰燼吞沒，一切有生命的東西在沒有太陽的天空之下都將遭到遺忘。

世界將如此滅亡，在灰燼和鮮血之中，在黑暗和冰霜之中。這就是諸神最後的命運。

II

這就是結束。但新時代也將在結束之後來臨。

從灰濁的海水裡，綠色大地將會再一次浮出。

太陽將被吞沒，但太陽之女會代替母親綻放光明。比起從前，新的太陽將比以往更加明亮燦爛，散發年輕新穎的光芒。

名為生命的女人與名為生命之渴望的男人，將會從連結不同世界的梣樹裡爬出來。他們會食用綠色大地上的露水，他們會做愛，人類將從他們愛的結晶繼續繁衍。

阿斯嘉會消失，但伊瑟渦將會建立在曾是阿斯嘉的地方，燦爛輝煌，延續下去。

奧丁的兒子韋達與瓦利將會來到伊瑟渦，接著是索爾的兒子莫迪和麥格尼。他們會帶來妙爾尼爾，因為現在索爾死了，需要他們兩人的力氣才拿得動。巴德爾和侯德會從冥界返回，他們六人將會坐在新太陽的陽光下，彼此交談，回憶過往一切神祕，討論事情可以有哪些不同做法，以及遊戲的結果是否真無可避免。

他們會提及吞下世界的巨狼芬里爾，以及米德嘉巨蛇；他們會記得洛基，這個雖是天神但又不屬於諸神的一分子；他拯救諸神，也摧毀所有天神。

然後巴德爾會說：「嘿……那是什麼？」

「什麼？」麥格尼問。

「那裡，在長草叢裡發亮的東西。你看見了嗎？還有那邊，你看，還有另一個。」

天神像小孩似地跪在長草叢裡。

索爾之子麥格尼是第一個在長草叢裡找到東西的。他一發現，就知道那是什麼了。那是一枚金色的棋子，是眾神還在世時玩的東西。這枚金色小棋子刻著奧丁，眾神之父，正坐在他高高的王座上：是國王。

他們又找到更多棋子。有拿著鎚子的索爾，拿著號角湊近嘴邊的海姆達爾；有奧丁的妻子芙瑞嘉，她是皇后。

巴德爾舉起一枚小小的金色雕像。「這個看起來很像你。」莫迪對他說。

「這就是我，」巴德爾說。「這是很久以前的我，在我還沒死的時候，我那時還是亞薩族天神。」

他們會在草叢裡找到其他棋子，有些很漂亮，有些比較不美。一半埋在黑色土裡的是洛基與他的怪物孩子。有冰霜巨人，這裡也有佘特，他的臉全是火焰。

他們很快會發現自己擁有可湊成完整棋組的所有棋子，他們排好棋子，準備下棋。在桌上的棋盤，阿斯嘉眾神面對他們永遠的敵人。在這個美好的下午，新造的陽光在金色棋子上閃爍。

巴德爾將面帶微笑，有如太陽露出臉來。他伸出手，移動他的第一枚棋子。

遊戲重新開始。

名詞對照

A

埃伊爾（Aegir）
最偉大的海洋巨人。是瀾的丈夫、九個女兒的父親。他的女兒是海洋的波浪。

亞薩族（Aesir）
天神中的一支，居住在阿斯嘉。

奧弗海姆（Alfheim）
九個世界之一，光明精靈居住於此。

安格玻莎（Angrboda）
女巨人，是洛基三個怪物孩子的母親。

阿斯嘉（Asgard）
亞薩神族的住所。天神的境地。

艾斯克（Ask）
世界上第一個男人，由梣樹所做成。

奧德姆拉（Audhumla）
世界上第一頭牛，牠的舌頭形塑了天神祖先，牛奶之河從牠的乳房流出。

奧爾柏莎（Aurboda）
高山女巨人，是蓋絲之母。

B

巴德爾（Balder）
以「俊美」為人所稱。奧丁的第二個兒子，為眾人喜愛，只有洛基憎恨他。

貝瑞島（Barri, isle of）
弗雷和蓋絲在這個島上結婚。

鮑奇（Baugi）
巨人。是瑟頓的兄弟。

貝里（Beli）
巨人。弗雷以公鹿角殺了他。

貝苟米爾（Bergelmir）
為尤彌爾的孫子。貝苟米爾和他的妻子是唯一從洪水中存活下來的巨人。

貝絲拉（Bestla）
為奧丁、斐利和維的母親，是波爾的妻子。她的母親是叫做玻松恩（Bolthorn）的女巨人。是密米爾的妹妹。

拜福洛斯特（Bifrost）
連接阿斯嘉與米德嘉的彩虹橋。

包森（Bodn）
用來裝詩歌之酒的桶子之一。另一個桶子叫做桑。

包爾威克（Bolverkr）
奧丁偽裝時所自稱的名字之一。

波爾（Bor）
天神。為布里之子，娶貝絲拉為妻。是奧丁、斐利和維的父親。

布瑞奇（Bragi）
詩歌之神。

布瑞沙布拉克（Breidablik）
巴爾德的家，充滿喜悅、音樂和知識。

布麗心項鍊（Brisings, necklace of the）
弗蕾雅個人擁有的閃亮項鍊。

布洛克（Brokk）
能夠製作精美寶物的的矮人。是艾崔里的弟弟。

布里（Buri）
為眾神的祖先，是波爾的父親、奧丁的祖父。

D

卓洛普尼爾（Draupnir）
每九個晚上，奧丁的金臂環就會掉出八只同樣美麗和等值的臂環。

E

埃吉爾（Egil）
農夫，是席奧維和蘿絲珂娃的父親。

恩黑里爾（Einherjar）
在作戰時英勇身亡的高貴死者，現在則在瓦爾哈拉大啖饗宴和打仗。

艾崔里（Eitri）
能打造厲害的寶物，包含索爾的槌子。是布洛克的哥哥。

艾力（Elli）
年長的奶媽，但實際上代表老年。

恩波拉（Embla）
世界上第一個女人，由榆樹所做成。

F

法波帝（Farbauti）
洛基的父親，巨人。名字意為「使出危險攻擊手段之人」。

巨狼芬里爾（Fenrir or Fenris Wolf）
一隻野狼。為洛基與安格玻莎所生下的兒子。

大寒冬（Fimbulwinter）
在諸神的黃昏降臨前，永無止盡的冬季。

非呀拉（Fjalar）
是嘎拉的兄弟，殺害了葛瓦西爾。

弗悠尼爾（Fjolnir）
弗雷與蓋絲之子，是瑞典的第一任國王。

佛洛安瀑布（Franang's Falls）
洛基在此高聳瀑布變為鮭魚。

弗雷（Frey）
為華納族天神，與亞薩族天神同住。弗蕾雅的哥哥。

弗蕾雅（Freya）
為華納族女神，與亞薩族天神同住。弗雷的妹妹。

芙瑞嘉（Frigg）
奧丁之妻，乃眾神的皇后。為巴德爾之母。

芙拉（Fulla）
女神，是芙瑞嘉的侍女。

G

嘎拉（Galar）
黑暗精靈之一。與非呀拉是兄弟，兩人共同殺害葛瓦西爾。

卡姆（Garm）
一隻妖犬，在諸神的黃昏時，與提爾對戰，了結對方性命。

蓋絲（Gerd）
一位美麗動人的女神，受弗雷深愛。

基令（Gilling）
為非呀拉和嘎拉聯手殺害的巨人，是瑟頓與鮑奇的父親。

基努卡蓋普（Ginnungagap）
在創世的初期，這道鴻溝介於穆斯卑爾（火之世界）與尼弗亥姆（霧之世界）之間。

吉耶拉洪角（Gjallerhorn）
海姆達爾的號角，放在密米爾之井旁。

葛雷普尼爾（Gleipnir）
由矮人所打造的魔法鎖鍊，諸神用來綑綁芬里爾。

戈林姆尼爾（Grimnir）
「穿斗篷之人」。奧丁的名號之一。

磨牙（Grinder）
湯葛悠瑟，或稱「磨牙者」。是替索爾拉戰車的兩隻山羊之一。

古倫布斯迪（Gullenbursti）
矮人替弗雷所打造的黃金野豬。

永恆之槍/貢尼爾（Gungnir）
奧丁的矛。永遠百發百中，以貢尼爾所立卜的誓言無法打破。

貢拉絲（Gunnlod）
女巨人，為瑟頓之女，被安排去守衛詩歌之酒。

蓋密爾（Gymir）
大地巨人，是蓋絲的父親。

H

黑祖魯（Heidrun）
這頭羊所分泌的是蜂蜜酒而非羊奶。牠餵飽住在瓦爾哈拉的亡者。

海姆達爾（Heimdall）
諸神的看守者。具有千里眼的能力。

海爾（Hel）
她統治冥府，這裡是以不光榮的方式死去的亡者所前去之地。

敏捷的荷莫德（Hermod the Nimble）
奧丁之子。他騎乘斯雷普尼爾前去懇求海爾釋放巴德爾。

希利斯高夫（Hlidskjalf）
奧丁的王座，他坐在那裡能看見九個世界。

侯德（Hod）
巴德爾的弟弟，為一位盲眼天神。

海尼邇（Hoenir）
很老的一位天神，把「理智」送給人類。是亞薩神族之一，被派去當華納的國王。

悉倫姆（Hrym）
在諸神的黃昏時，率領冰霜巨人的領袖。

胡伊（Hugi）
年輕的巨人，能跑得比任何事物都快。他實際上就是思想。

呼金（Huginn）
奧丁的烏鴉之一。名字的意思是「思想」。

禾維勾密爾（Hvergelmir）
在尼弗亥姆的一處泉水，在伊革爪瑟之下，那裡就是許多河流和小溪的發源地。

黑米爾（Hymir）
巨人之王。

希洛金（Hyrrokkin）
女巨人，甚至比索爾更強壯。

I

伊瑟渦（Idavoll）
意為「壯麗的平原」，阿斯嘉就建於此。在諸神的黃昏過後，存活下來的天神將返回此地。

依登（Idunn）
是亞薩女神。她保管長生不死的蘋果，能夠使得諸神永保年輕。

伊瓦第（Ivaldi）
黑暗精靈之一。伊瓦第之子製作卓越絕倫的船史基普拉尼給弗雷、長矛貢尼爾給奧丁，以及嶄新、美麗金髮給索爾之妻希芙。

J

悠德（Jord）
索爾的母親，一位女巨人，也是大地女神。

耶夢加得（Jormungundr）
米德嘉巨蛇。是洛基的小孩之一，也是索爾的死對頭。

約頓海姆（Jotunheim）
「約頓」意指巨人，約頓海姆就是巨人之地。

K

葛瓦西爾（Kvasir）
以亞薩與華納兩方的口水混合所做出來的天神，他成為智慧之神。葛瓦西爾遭到矮人殺害，他們用他的血釀造詩歌之酒。後來，他又復活。

L

勞菲（Laufey）
洛基的母親。也稱為奈兒，或是針，因為她身材非常纖細。

萊拉斯（Lerad）
這棵樹大概是伊革爪瑟的一部分，用來餵飽黑祖魯，這隻羊將蜂蜜酒給予瓦爾哈拉的戰士。

李特（Lit）
倒楣的矮人。

洛基（Loki）
奧丁的拜把兄弟，是法波帝與勞菲之子。是阿斯嘉所有居民之中最精明、最狡猾的一位。他能變身幻化成不同形體，嘴脣有疤。他擁有一雙能在天空行走的鞋子。

M

麥格尼（Magni）
索爾之子，意為「強壯之人」。

梅金約德（Meingjord）

索爾的力量腰帶。繫上這條腰帶可以使他的力量加倍。

米德嘉（Midgard）

「中園」。我們的世界，人類的境地。

米德嘉巨蛇（Midgard serpent）

亦稱耶夢加得。

密米爾（Mimir）

奧丁的舅舅，負責看管位於約頓海姆的智慧之泉。這個巨人，或許也屬於亞薩神族。他的頭顱遭華納神族砍下，但仍舊能給予智慧，並繼續看管泉水。

密米爾之井（Mimir's well）

一處位於世界樹根部的泉水或水井。奧丁以自己的一隻眼睛交換，來啜飲一口水，用海姆達爾的號角吉耶拉洪角舀起來。

妙爾尼爾（Mjollnir）

索爾舉世無雙的鎚子，是艾崔里替他打造（而布洛克拉動風箱）的最珍貴資產。

茂思歌絲（Modgud）

意為「凶猛的勇士」。她是通往死人之境的橋的看守人。

莫迪（Modi）

索爾之子，意為「勇敢」。

目寧（Muninn）

奧丁的烏鴉之一。名字意為「記憶」。

穆斯卑爾（Muspell）

存在於創造初始的火焰世界。九大世界之一。

N

納勾法（Naglfar）

由死人沒有修剪的手指甲和腳趾甲所做成的船。在諸神的黃昏時，與天神和恩黑里爾對戰的巨人，以及來自冥府的死人將搭乘這艘船出發參戰。

奈兒（Nal）

「針」。這是洛基的母親勞菲另一個名字。

納菲（Narfi）

洛基與西晶所生之子，瓦利的兄弟。

尼叟非立爾，也稱之為史瓦托海姆（Nidavellir，also called Svartalfheim）

為矮人（也稱之為黑暗精靈）居住在地底下的地方。

尼德侯格（Nidhogg）

吞下屍體、啃嚼伊革爪瑟樹根的龍。

尼弗亥姆（Niflheim）
寒冷又霧濛濛的地方，是一切起源之地。

尼約德（Njord）
華納族天神，是弗雷與弗蕾雅的父親。

諾恩女神（Norns）
三姊妹歐司、瓦珊蒂和史固，她們照顧歐司之井或命運，以及替世界樹伊革爪瑟的樹根澆水。她們和其他諾恩女神決定你的生命裡會發生的一切事情。

O

奧丁（Odin）
最崇高也最年長的天神。他身穿一件斗篷，頭戴帽子，只有一隻眼睛，用另一隻眼睛交換智慧。他有許多其他的名字，包含眾神之父、戈林姆尼爾和絞刑之神。

歐塞里爾（Odrerir）
這只水壺用來釀造詩歌之酒。為「賜與狂喜之物」。

R

瀾（Ran）
海洋巨人埃伊爾的妻子，掌管在海裡溺死之人的女神，也是九個波浪的母親。

拉塔托斯克（Ratatosk）
住在伊革爪瑟樹枝的松鼠，在樹根位置吃腐屍的尼德侯格和住在上層樹枝的鷲之間傳遞訊息。

拉地（Rati）
眾神所擁有的螺旋鑽或鑽子。

蘿絲珂娃（Roskva）
席奧維的姐姐，索爾的人類僕人。

S

希芙（Sif）
索爾的妻子。她擁有一頭金髮。

西晶（Sigyn）
洛基之妻，為瓦利和納菲的母親。在洛基遭囚禁之後，她待在地底下，陪伴在他身邊，捧著碗去接住毒蛇的毒液，保護洛基的臉。

絲卡蒂（Skadi）
巨人，是巨人席亞西之女。她嫁給尼約德。

史基普拉尼（Skidbladnir）
一艘魔法船，由伊瓦第之子替弗雷所打造。能夠像圍巾一樣折疊起來。

史基尼珥（Skirnir）
光明精靈，弗雷的僕人。

斯克里米爾（Skrymir）
「大個兒」。一個特別高大的巨人，洛基、奧丁與席奧維在前往兀特嘉的途中遇到他。

史固（Skuld）
諾恩女神之一。她的名字意為「意圖」，她掌管的部分是未來。

斯雷普尼爾（Sleipnir）
奧丁的馬。是速度最快的馬，共有八條腿，由洛基與史瓦帝法利所生下。

咆哮（Snarler）
湯葛利斯尼爾，意為「露出牙齒者或咆哮者」。是替索爾拉戰車的兩隻山羊之一。

桑（Son）
用來裝蜂蜜酒的桶子。

佘特（Surtr）
一名巨大的火焰巨人揮舞火焰之劍。佘特存在於眾神之前。是穆斯卑爾，火之區域的守護者。

瑟頓（Suttung）
巨人，是基令之子。他報復殺害父母的凶手。

史瓦帝法利（Svadilfar）
這匹馬為建造阿斯嘉高牆的築牆高手所有。牠是斯雷普尼爾的父親。

T

席亞西（Thiazi）
把自己偽裝成老鷹去綁架依登的巨人。是絲卡蒂的父親。

叟柯（Thokk）
一名老婦人，她的名字意為「感激」，但卻是唯一不為巴德爾之死難過的人。

索爾（Thor）
奧丁的紅鬍子兒子、亞薩的雷神。是力量最強大的天神。

絲絡德（Thrud）
索爾之女，名字意為「具有力量之人」。

索列姆（Thrym）
食人怪的領袖，想要娶弗蕾雅為妻。

提爾（Tyr）
獨手的戰神、奧丁之子。是巨人黑米爾的繼子。

U

歐勒（Ullr）
索爾的繼子。能在滑雪時以弓箭狩獵的天神。

歐司（Urd）
「命運」。諾恩三女神之一。她決定了我們的過去。

歐司之井（Urd's well）
位於阿斯嘉，由諾恩女神所看顧的水井。

兀特嘉（Utgard）
指的是「外園」。是巨人所居住的荒野之地，有一座城堡位在此地中央，也稱之為兀特嘉。

兀特嘉洛基（Utgardaloki）
統治兀特嘉巨人的國王。

V

瓦爾哈拉（Valhalla）
奧丁大殿，在戰爭中英勇戰死的高貴死者在此處享用筵席。

瓦利（Vali）
有兩位天神名叫瓦利。一位是洛基與西晶所生之子，他後來變成一匹狼，殺死自己的親兄弟納菲。另一位則是奧丁與琳德所生之子，為了替巴德爾之死復仇而出生。

薇爾奇麗（Valkyries）
「死者之挑選者」。奧丁的侍女，她們收集在戰場上英勇戰死的死者靈魂，將他們帶到瓦爾哈拉。

華納海姆（Vanaheim）
華納族之境。

娃爾（Var）
婚姻女神。

維（Ve）
奧丁的兄弟，是波爾與貝絲拉所生之子。

瓦珊蒂（Verdandi）
諾恩女神之一。她的名字意為「轉化」，她決定了我們的現在。

韋達（Vidar）
奧丁之子。沉默且可靠的天神。他的一隻鞋子，是以所有做好的鞋子剩下不要的零碎皮革所做成。

威格里斯（Vigrid）
諸神黃昏最終大戰的平原。

斐利（Vili）
奧丁的兄弟，是波爾與貝絲拉所生之子。

Y

伊革爪瑟（Yggdrasil）

世界樹。

尤彌爾（Yimir）

世界上第一個出現的生物，比所有世界更龐大的巨人，也是所有巨人的祖先。由第一頭母牛奧德姆拉所孕育。

繆思系列 017

北歐眾神
Norse Mythology

作者　尼爾・蓋曼（Neil Gaiman）
譯者　沈曉鈺
社長　陳蕙慧
副社長　陳瀅如
總編輯　戴偉傑
主編　張立雯
編輯　林立文
行銷　廖祿存
電腦排版　極翔企業有限公司

出版　木馬文化事業股份有限公司
發行　遠足文化事業股份有限公司（讀書共和國出版集團）
地址　231新北市新店區民權路108之4號8樓
電話　02-2218-1417　傳真　02-8667-1891
email: service@bookrep.com.tw
郵撥帳號　19588272　木馬文化事業股份有限公司
客服專線　0800221029
法律顧問　華洋法律事務所　蘇文生 律師
印刷　成陽印刷股份有限公司
初版　2017年7月
初版13刷　2024年1月
定價　新台幣330元
ISBN　978-986-359-407-9

國家圖書館出版品預行編目(CIP)資料

北歐眾神 / 尼爾・蓋曼（Neil Gaiman）著；沈曉鈺譯. -- 初版. -- 新北市：木馬文化出版：遠足文化發行, 2017.07
面；　公分. --（繆思系列；17）
譯自：Norse mythology
ISBN 978-986-359-407-9（平裝）

873.57　106007924